彩色版

金字塔學習法

The Pyramid Method

自然易學美語發音法

Phonics Book

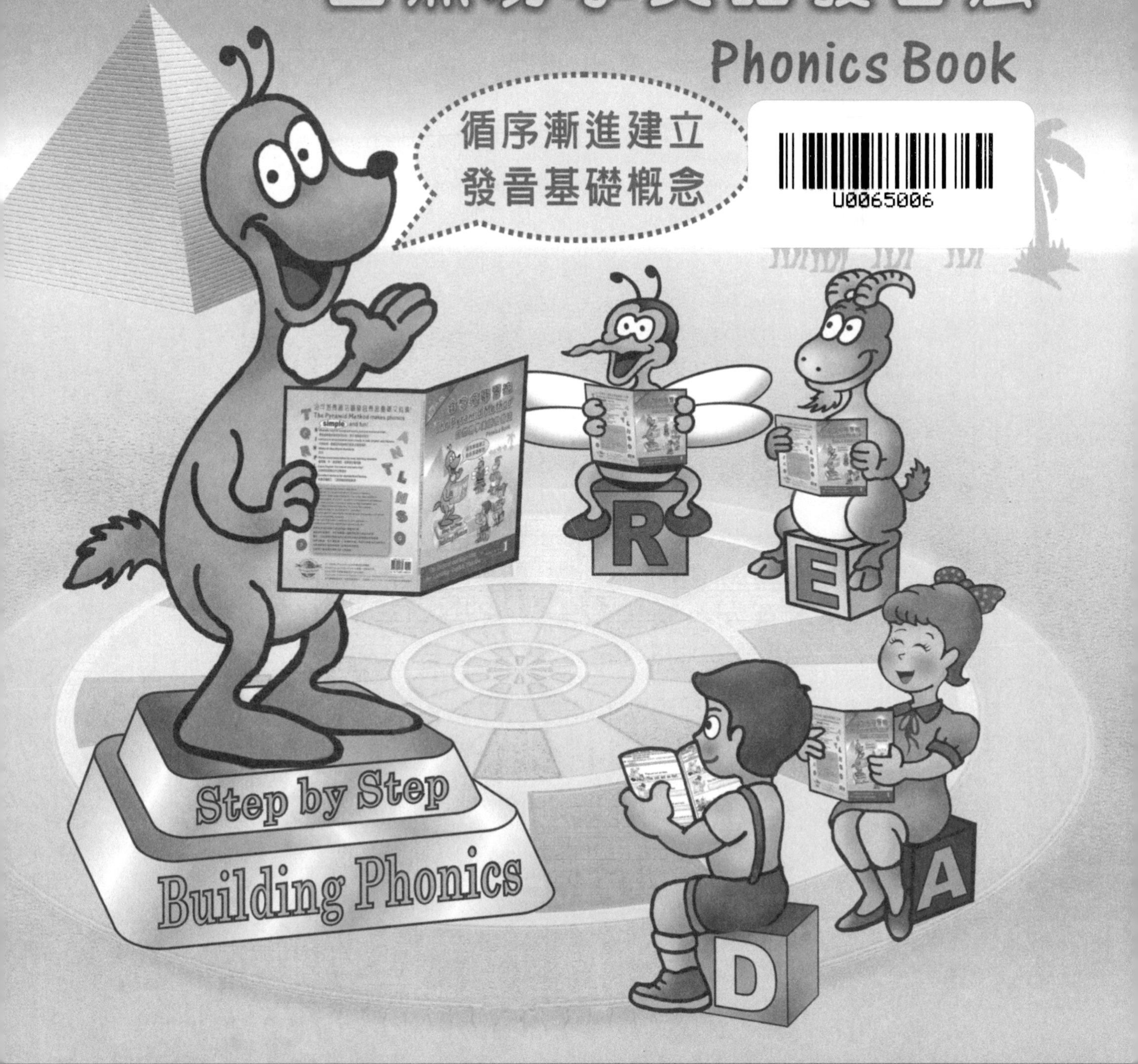

循序漸進建立
發音基礎概念
Step by Step
Building Phonics
R
E
A
D

The Natural and Easy Way for Learning English Phonics

Geoffrey S. Ricciardi
Jih-Xian Lin

1

AQUARIUS PUBLISHING

The Natural and Easy Way for Learning
English Phonics-The Pyramid Method. First Edition 1996
Second Edition 2010, Revised (Color Version)

Illustrator: Chio - Der Liu; Wei-Wen Lin; Deo
Cover design: Aiko; Robert G. Gavin Jr.; Deo
Editor: John Grimes

Special thanks to: Pai-Chun Lin; Chia-Chen Chang

國家圖書館　出版品預行編目資料

自然易學美語發音法：金字塔學習法
The Natural and Easy Way for Learning English Phonics:
The Pyramid Method /雷家輔(Geoffrey S. Ricciardi)，林季嫻　編著
－彩色第一版－花蓮市：2010〔民99〕
冊：　　　公分
ISBN 957-98913-1-1 (第1冊：平裝)
ISBN 957-98913-3-8 (第2冊：平裝)
1.英國語語－語音
805.14　　　　　　　　　　　　　87017012

自然易學美語發音法─金字塔學習法 1

編著者：Geoffrey S. Ricciardi (雷家輔)・林季嫻
校閱：J.Grimes
美術編輯：林薇文・ 林郁潔 ・羅凱文・劉秋德・雷家輔
製版印刷：設計一百工作室
發行人：林季嫻
發行所：宏泉文教出版社
登記證：局版台業字第0360號
地址：花蓮市970國興二街97號
電話：(03)836-0039
傳真：(03)836-0127
彩色版一刷：2010年1月
劃撥帳號：06666567
戶名：宏泉文教出版社
E-mail：phoncards@hotmail.com(中文)
　　　　aquapub@ms31.hinet.net(English)
ISBN 957-98913-1-1 (平裝)

B C D E F G H I J K L M N O P Q R S T U V W X Y Z

Table of Contents

★NOTE: When doing exercises, read from left to right.

"Building Phonics Step by Step"

b c d e f g h i j k l m n o p q r s t u v w x y z

A B C D E F G H I J K L M N O P Q R S T U V W X

目錄

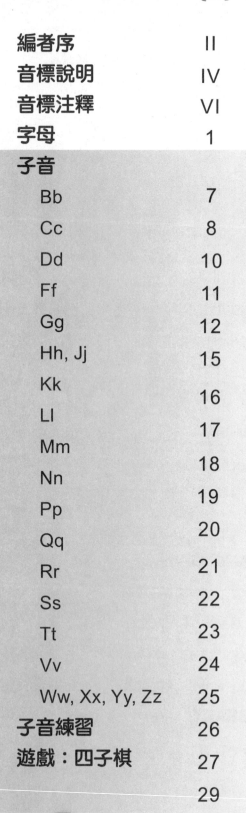

★註：當您在做練習時，請由
左到右依序聽音練習。

『循序漸進　建立發音基礎概念』

a b c d e f g h i j k l m n o p q r s t u v w x y

Preface

These books have been carefully designed after many years of teaching English to non-native speakers. They are intended to make English phonics easy to understand and pronounce. The advantage of phonics is that it uses no symbols outside the alphabet itself and may be used as an alternative to "IPA"-based phonetic systems such as "K.K.", "Jones", etc.

In these books, the main focus is on the rules that are used for learning English pronunciation, similar to the way native speakers learn in the United States. However, these books have been adapted for non-native speakers, and if followed correctly will make learning English phonics easy and fun. They can be used in conjunction with other books such as readers or series grammar books.

The idea of using a pyramid comes from the concept of a good foundation. A good foundation is needed to build a solid pyramid. The same idea applies to learning English. If a solid "phonetic" foundation is established early, then you can continue to build on that foundation and your English skills will improve. These books are especially designed to give you that solid foundation so you will want to continue practicing English throughout your life.

"Building Phonics Step by Step"

編者序

　　本書是作者集多年在非英語系國家之教學經驗精心編寫而成的。本書的主旨在使英語發音簡單易懂且易學。使用自然發音法的長處在於：它以英文字母為發音符號，而不須使用特殊符號。因此它可以是目前通用的發音法中，諸如**K.K.**音標及**Jones**音標之外的另一項選擇。

　　本書強調英語發音的規則，美國的小學生也以同樣的方法學習發音。因此作者在編寫本書時也特別考慮到；這本書是以非英語系的學習者為對象，所以只要您以本書為藍本循序漸進的練習，相信各位將輕鬆快樂地學會英語發音。本書也可以配合其他教材一起使用，例如：英語讀本或文法教材。

　　使用金字塔的用意在說明穩固的基礎對於精通英語的重要性。就如同建造一座堅固的金字塔必自底層著手，因此讀者在學習英語之初就應具備基礎英語發音概念。本書著眼於幫助讀者建立發音基礎，對讀者日後學習英語將有莫大的益處。

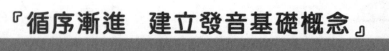

『循序漸進　建立發音基礎概念』

Pronunciation Guide

(PM) [KK]

Note: The symbols used for English pronunciation vary from one to another.

The Pyramid Method (PM) follows the standard format used by most American dictionaries and schools. The chart below compares The Pyramid Method with K.K. to show how much easier The Pyramid Method is to use and understand.   A= alternative

Example	Spellings 例字	PM	A	K.K.	Example	Spellings 例字	PM	A	K.K.
hat	(hat)	a	ă	æ	hat	(hat)	h		h
hate	(hāt)	ā		e	whale	(hwāl)	hw		hw
wash	(wäsh) *1	ä	o	a	kit	(kit)	i	ĭ	ɪ
car	(kär) *2	är		ɑr	kite	(kīt)	ī		aɪ
sauce draw	(sôs) (drô)	ô		ɔ	bird	(burd) *3	ur		ɝ
boy	(boi)	b		b	jeep	(jēp)	j		dʒ
cat face	(kat) (fās) see page 8	k s		k s	key	(kē)	k		k
church	(church)	ch		tʃ	leg	(leg)	l		l
dog	(däg) (dôg)	d		d	bell	(bel)	l		l
met	(met)	e	ě	ɛ	moon	(mo͞on)	m		m
meet	(mēt)	ē		i	home	(hōm)	m		m
herd	(hurd) *3	ur		ɝ	nine	(nīn)	n		n
fish	(fish)	f		f	ten	(ten)	n		n
gate gym	(gāt) see page 12 (jim)	g j		g dʒ	sing	(siŋ)	ŋ	ng	ŋ

"Building Phonics Step by Step"

音標符號說明

(PM) [KK]

說明：英語發音所使用的符號各系統之間略有差異。金字塔學習法（PM）使用最多美國字典與學校所採用的標準符號系統。下列比較金字塔學習法（PM）與 K.K.音標的圖表中顯示出；相對於 K.K.音標，金字塔學習法（PM）比較易於了解與使用，且符合使用字母本身為發音符號的原則。

A＝替代符號

Example Spellings 例字		PM	A	K.K.	Example Spellings 例字		PM	A	K.K.
hot	(hät)	ä	ǒ	ɑ	thin *5 bath	(thin) (bath)	th		θ
boat	(bōt)	ō		o	the *5 father	(thə) (fä'thər)	th		ð
boy oil	(boi) (oil)	oi		ɔɪ	cut	(kut)	u	ǔ	ʌ
book	(book)	oo	ŏŏ	ʊ	cute	(kyōot)	yōo	ū	ju
zoo	(zōo)	ōo		u	nurse *3	(nʉrs)	ʉr		ɝ
for *4 all	(fôr) (ôl)	ôr ô		ɔɪ ɔ	van	(van)	v		v
out	(out)	ou		aʊ	web	(web)	w		w
pen	(pen)	p		p	box	(bäks)	ks		ks
quite	(kwīət)	kw		kw	yo-yo	(yō-yō)	y		j
road	(rōd)	r		r	zoo	(zōo)	z		z
chair	(cher)	r		r	pleasure	(plezh'ər)	zh		ʒ
sleep	(slēp)	s		s	ago *6 item	(ə gō') (ī't'əm)	ə		ə
ship fish	(ship) (fish)	sh		ʃ	quality	(kwäl'ə tē)	ə		ə
ten	(ten)	t		t	handsome focus	(han'səm) (fō'kəs)	ə		ə

『循序漸進　建立發音基礎概念』

Pronunciation Notes

*1. **ä**   This symbol represents the "**a**" sound in the word **w<u>a</u>sh**.
It is sometimes referred to as the short "**o**" sound.

*2. **är**   This symbol represents the "**a**" sound which is followed by **r** as in **c<u>a</u>r**.

*3. **ʊr**   This symbol represents the sounds of "**er**", "**ir**", and "**ur**" when they are stressed as in **h<u>er</u>d**, **b<u>ir</u>d**, and **n<u>ur</u>se**.

     ər   This symbol represents the sounds of "**ar**", "**er**", and "**or**" when they are at the end of a word and not stressed, as in **doll<u>ar</u>**, **teach<u>er</u>**, and **doct<u>or</u>**.

*4. **ôr**   This symbol represents the "**o**" sound which is followed by **r** as in **f<u>or</u>**.
     ô   This symbol also represents the sound of "**al**" as in **<u>al</u>l** and **t<u>al</u>k**.

*5. **th**   This symbol represents the voiceless "**th**" sound as in **<u>th</u>in** and **ba<u>th</u>**.
     th   This symbol represents the voiced "*th*" sound as in **<u>th</u>e** and **fa<u>th</u>er**.

*6. **ə**   The symbol, called the schwa, represents the unstressed vowels in **<u>a</u>go**, it**<u>e</u>m**, qual**<u>i</u>ty**, hands**<u>o</u>me**, and foc**<u>u</u>s**.

★ Long Vowel Combination Chart ★

ā	ē	ī	ō	ū
~a-e	~e-e	~i-e	~o-e	~u-e
~ai~	~ea~	~ie	~oa~	~ue
~ay	~ee~		~oe	
	~ey		~o	
	~e			

v

音標注釋

*1. **ä** 這個符號所代表的是 w**a**sh 中的母音 "**a**"，它在有些音標系統中被視為短母音 "**o**"。

*2. **är** 這個符號所代表的是：當 a 後面跟隨 r 時的發音，例如：c**ar**。

*3. **ur** 這個符號所代表的是 "**er**"、"**ir**" 和 "**ur**"為重音節的母音時的發音，例如：h**er**d、b**ir**d 和 n**ur**se。

ər 這個符號所代表的是：當 "**ar**"、"**er**" 和 "**or**"在一個字或一個音節之尾，而且不為重音之所在時的發音，例如：doll**ar**、teach**er** 和 doct**or**。

*4. **ôr** 這個符號所代表的是：當 o 後面跟著 r 時的發音，例如：f**or**。

ô 這個符號也代表了 "**al**" 的發音，例如：**al**l 和 t**al**k。

*5. **th** 這個符號所代表的是無聲的 th 音，例如：**th**in 和 ba**th**。

th 這個符號所代表的是有聲的 th 音，例如：**th**e 和 fa**th**er。

*6. **ə** 這個符號又叫做中性母音，其所代表的是：當 a、e、i、o 或 u 不為重音節母音時的發音，例如：**a**go、it**e**m、qual**i**ty、hands**o**me 和 foc**u**s。

★ 長母音組合表 ★

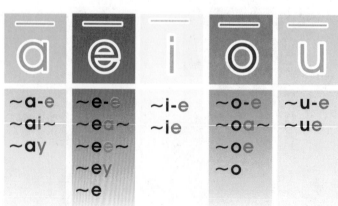

ā	ē	ī	ō	ū
~a-e	~e-e	~i-e	~o-e	~u-e
~ai~	~ea~	~ie	~oa~	~ue
~ay	~ee~		~oe	
	~ey		~o	
	~e			

ALPHABET: A B C D E (字母: A B C D E)

Directions: Circle all the letters that are the same as the letter in the box. Then practice writing the same letter.

說明： 把所有跟格子內一樣的字母圈起來，接著在格子內練習此字母的大小寫。

@pple
ape
gate
airplane
cake

Aa Aa Aa Aa Aa Aa Aa Aa

Aa

boy
ball
bird
crab
balloon

Bb Bb Bb Bb Bb Bb Bb Bb

Bb

cat
cake
cup
clock
comic

Cc Cc Cc Cc Cc Cc Cc Cc

Cc

dog
door
road
did
hand

Dd Dd Dd Dd Dd Dd Dd Dd

Dd

eggs
feet
eagle
need
bed

Ee Ee Ee Ee Ee Ee Ee Ee

Ee

ALPHABET: F G H I J (字母: F G H I J)

Directions: Circle all the letters that are the same as the letter in the box. Then practice writing the same letter.

說明：把所有跟格子內一樣的字母圈起來，接著在格子內練習此字母的大小寫。

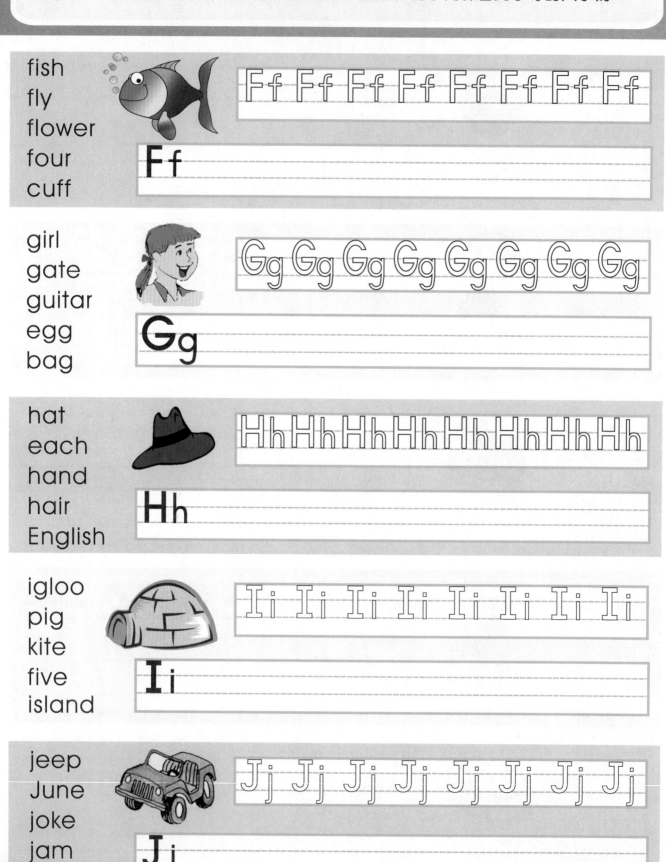

fish
fly
flower
four
cuff

Ff
Ff Ff Ff Ff Ff Ff Ff Ff Ff

Ff

girl
gate
guitar
egg
bag

Gg
Gg Gg Gg Gg Gg Gg Gg Gg

Gg

hat
each
hand
hair
English

Hh
Hh Hh Hh Hh Hh Hh Hh Hh Hh

Hh

igloo
pig
kite
five
island

Ii
Ii Ii Ii Ii Ii Ii Ii Ii

Ii

jeep
June
joke
jam
jacket

Jj
Jj Jj Jj Jj Jj Jj Jj Jj

Jj

ALPHABET: K L M N O (字母:K L M N O)

Directions: Circle all the letters that are the same as the letter in the box. Then practice writing the same letter.

說明: 把所有跟格子內一樣的字母圈起來,接著在格子內練習此字母的大小寫。

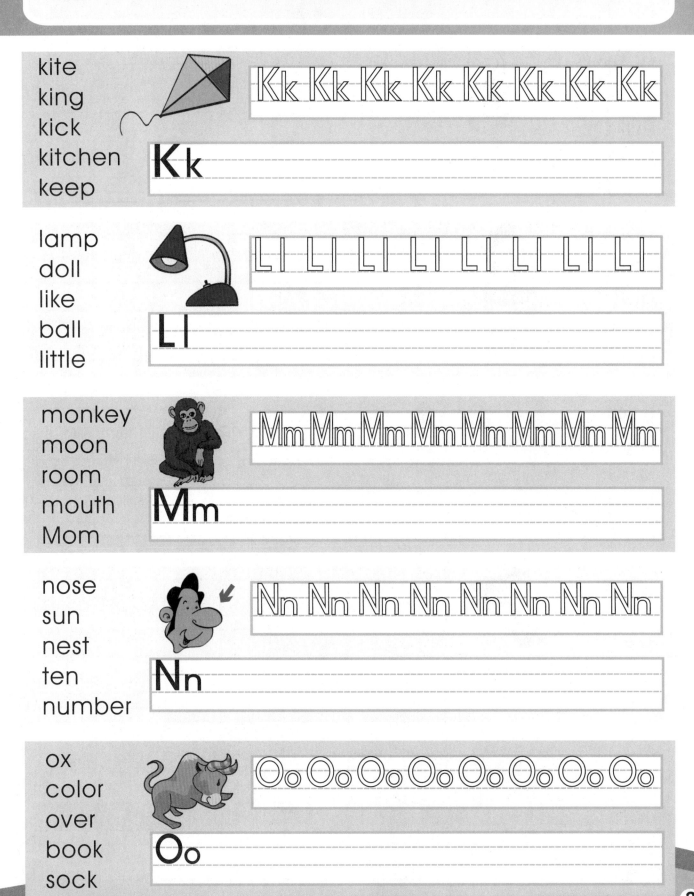

kite
king
kick
kitchen
keep

Kk Kk Kk Kk Kk Kk Kk Kk

Kk

lamp
doll
like
ball
little

Ll Ll Ll Ll Ll Ll Ll Ll Ll Ll

Ll

monkey
moon
room
mouth
Mom

Mm Mm Mm Mm Mm Mm Mm Mm

Mm

nose
sun
nest
ten
number

Nn Nn Nn Nn Nn Nn Nn Nn

Nn

ox
color
over
book
sock

Oo Oo Oo Oo Oo Oo Oo Oo Oo Oo

Oo

ALPHABET: P Q R S T (字母:P Q R S T)

Directions: Circle all the letters that are the same as the letter in the box. Then practice writing the same letter.

說明： 把所有跟格子內一樣的字母圈起來，接著在格子內練習此字母的大小寫。

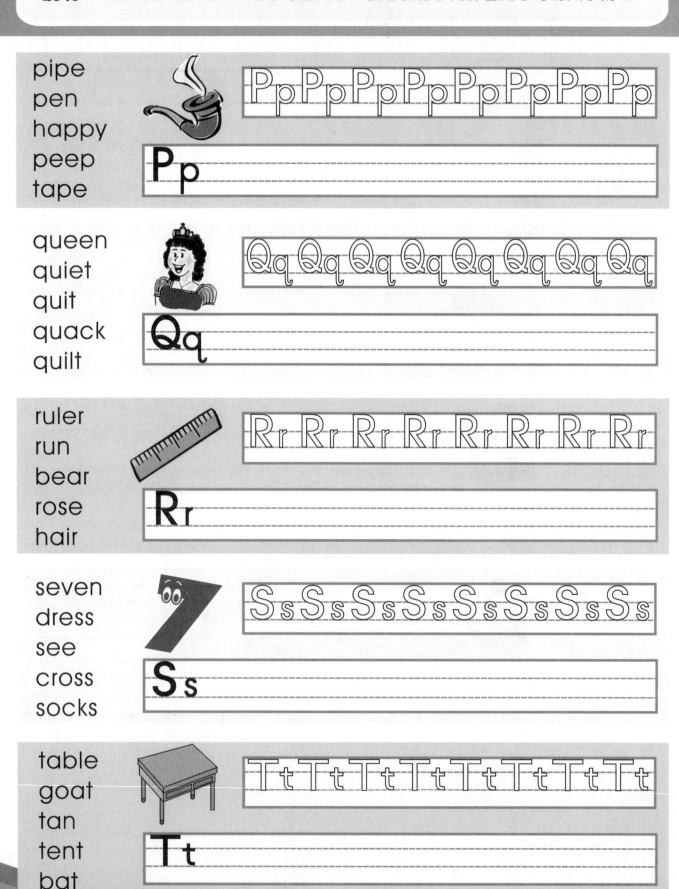

pipe
pen
happy
peep
tape

P p

queen
quiet
quit
quack
quilt

Q q

ruler
run
bear
rose
hair

R r

seven
dress
see
cross
socks

S s

table
goat
tan
tent
bat

T t

4

ALPHABET: U V W X Y (字母:U V W X Y)

Directions: Circle all the letters that are the same as the letter in the box. Then practice writing the same letter.

說明： 把所有跟格子內一樣的字母圈起來，接著在格子內練習此字母的大小寫。

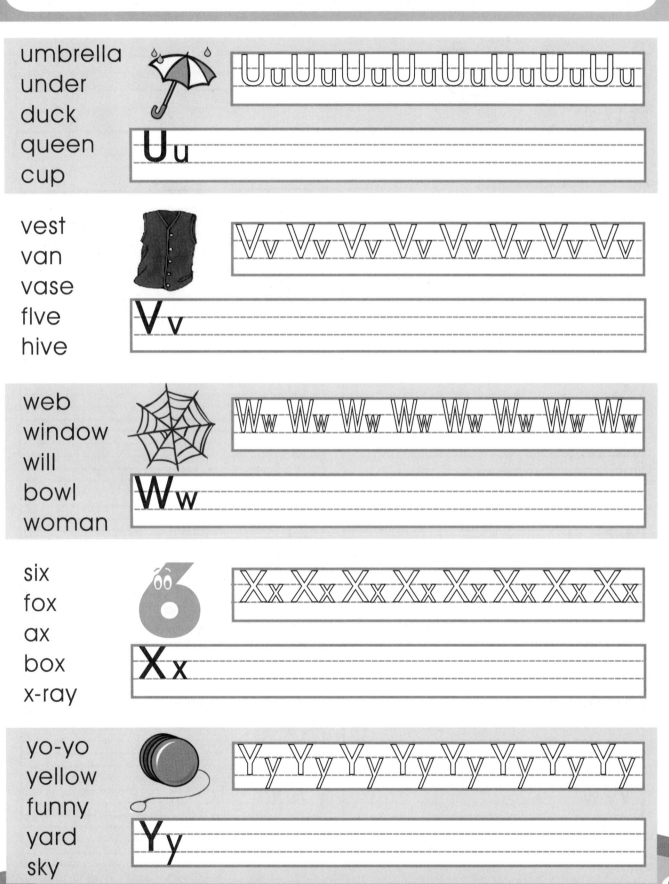

umbrella
under
duck
queen
cup

U u U u U u U u U u U u U u U u U u U u

U u

vest
van
vase
flve
hive

V v V v V v V v V v V v V v V v V v V v

V v

web
window
will
bowl
woman

W w W w W w W w W w W w W w W w W w W w

W w

six
fox
ax
box
x-ray

X x X x X x X x X x X x X x X x X x X x

X x

yo-yo
yellow
funny
yard
sky

Y y Y y Y y Y y Y y Y y Y y Y y Y y Y y

Y y

5

ALPHABET: Z （字母: Z）

Directions: Circle all the letters that are the same as the letter in the box. Then practice writing the same letter.

說明： 把所有跟格子內一樣的字母圈起來，接著在格子內練習此字母的大小寫。

zoo
buzz
zebra
zero
jazz

Zz Zz Zz Zz Zz Zz Zz Zz Zz Zz

Zz

A a	B b
C c	D d
E e	F f
G g	H h
I i	J j
K k	L l
M m	N n
O o	P p
Q q	R r
S s	T t
U u	V v
W w	X x
Y y	Z z

CONSONANT Bb（子音 Bb）

Directions: Listen and say the picture's name. If the name <u>starts</u> with the "**b**" sound, write **b** in the box (**example:** <u>b</u>oy).

說明：注意聽並說出圖片的名稱，如果此名稱以 **b** 音為起始，就把 **b** 寫在格子內。

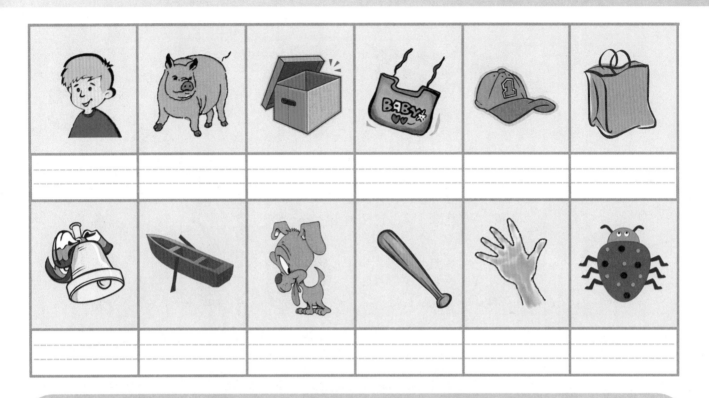

Directions: Listen and say the picture's name. If the name <u>ends</u> with the "**b**" sound, write **b** in the box (**example:** tu<u>b</u>).

說明：注意聽並說出圖片的名稱，如果此名稱以 **b** 音為結尾，就把 **b** 寫在格子內。

CONSONANT Cc: HARD AND SOFT SOUND (子音 Cc：硬 C 音與軟 C 音)

Rule: When **c** is before **a, o, u,** or a consonant, **c** is <u>usually</u> pronounced as the "**k**" sound. It is called the <u>hard</u> "**c**" sound (example: <u>cat</u>).

規則：當 **c** 在 **a**、**o**、**u** 或子音之前時，**c** 通常發 **k** 音，即為所謂的硬 **c** 音 (例如：<u>cat</u>)。

Directions: Listen and say the picture's name. If the name <u>starts</u> with the <u>hard</u> "**c**" sound, write **c** in the box.

說明：注意聽並說出圖片的名稱，如果此名稱以 **c** 音為起始，就把 **c** 寫在格子內。

Rule: When **c** is before **e, i,** or **y, c** is <u>usually</u> pronounced as the "**s**" sound. It is called the <u>soft</u> "**c**" sound (example: fa<u>ce</u>).

規則：當 **c** 在 **e**、**i** 或 **y** 之前時，**c** 的發音通常會轉變成 **s** 的發音，即為所謂的軟 **c** 音 (例如：fa<u>ce</u>)。

Directions: Listen and circle the pictures that have the soft "**c**" sound.

說明：將含有軟 **c** 音的圖片圈起來。

face	cup	celery	pencil
cat	circle	corn	fence
mice	coins	city	cymbals

CONSONANT Cc: HARD AND SOFT SOUND (子音 Cc：硬 C 音與軟 C 音)

Directions: Listen and say the picture's name and then circle the correct word.

說明： 注意聽並說出圖片的名稱，將正確的字圈起來。

◯	fly circle bottle	✏️	pencil goat pen	🎂	book cake owl
🧢	seven cap horse	🐭	mad key mice	🏙️	city bat nut
🎲	call dice log	🌳	bar fence bed	🎭	fly flower face
🪮	frog drum comb	🪙	coins desk key	🥬	door dog celery

Directions: Listen and say the picture's name and then write its number in the correct pyramid.

說明： 注意聽圖片的名稱並將它的號碼填入正確的金字塔中。硬 C 音在左邊，軟 C 音在右邊。

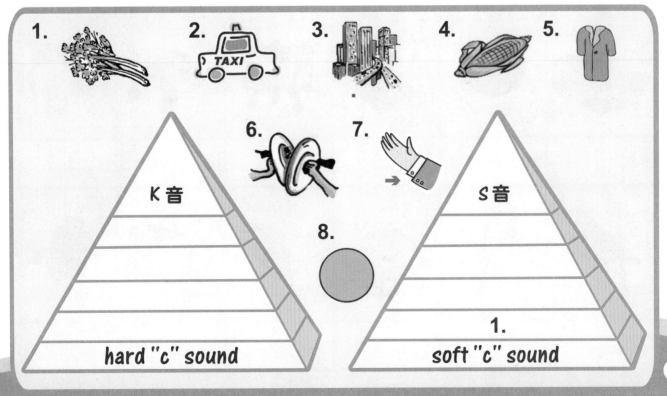

1.   2.   3.   4.   5.

6.   7.

K 音   S 音

8.

1.

hard "c" sound   soft "c" sound

CONSONANT Dd (子音 Dd)

Directions: Listen and say the picture's name. If the name <u>starts</u> with the "**d**" sound, write **d** in the box (example: <u>d</u>og).

說明：注意聽並說出圖片的名稱，如果此名稱以 **d** 音為起始，就把 **d** 寫在格子內。

Directions: Listen and say the picture's name. If the name <u>ends</u> with the "**d**" sound, write **d** in the box (example: be<u>d</u>).

說明：注意聽並說出圖片的名稱，如果此名稱以 **d** 音為結尾，就把 **d** 寫在格子內。

CONSONANT Ff （子音 Ff）

Directions: Listen and say the picture's name. If the name <u>starts</u> with the " f " sound, write **f** in the box (**example:** fi<u>sh</u>).

說明： 注意聽並說出圖片的名稱，如果此名稱以 **f** 音為起始，就把 **f** 寫在格子內。

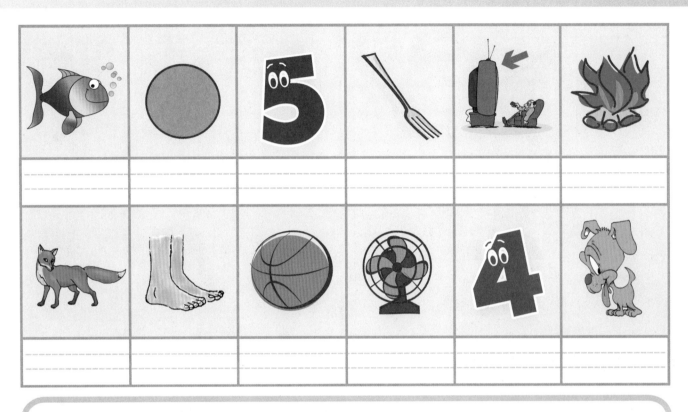

Directions: Listen and say the picture's name. If the name <u>ends</u> with the " f " sound, write **f** in the box (**example:** lea<u>f</u>).

說明： 注意聽並說出圖片的名稱，如果此名稱以 **f** 音為結尾，就把 **f** 寫在格子內。

CONSONANT Gg: HARD G SOUND (子音 Gg：硬 G 音)

Rule: When **g** is before **a, o, u**, or a consonant, **g** is <u>usually</u> pronounced as the "**g**" sound. It is called the <u>hard</u> "**g**" sound (example: <u>g</u>ate).

規則： 當 **g** 在 **a**、**o**、**u** 或子音之前時，**g** 通常發成 **g** 音，即為所謂的硬 **g** 音 (例如：**gate**)。

Directions: Listen and say the picture's name. If the name <u>starts</u> with the <u>hard</u> "**g**" sound, write **g** in the box.

說明： 注意聽並說出圖片的名稱，如果此名稱以 **g** 音為起始，就把 **g** 寫在格子內。

Directions: Listen and say the picture's name. If the name <u>ends</u> with the "**g**" sound, write **g** in the box (example: pi<u>g</u>).

說明： 注意聽並說出圖片的名稱，如果此名稱以 **g** 音為結尾，就把 **g** 寫在格子內。

CONSONANT Gg: HARD AND SOFT SOUND （子音 Gg：硬 G 音與軟 G 音）

Rule: When **g** is before **e**, **i**, or **y**, it is <u>sometimes</u> pronounced as the "**j**" sound. It is called the <u>soft</u> "**g**" sound (**example: gem**).

規則： 當 **g** 在 **e**、**i** 或 **y** 之前時，**g** 的發音通常會轉變成 **j** 的發音，即為所謂的軟 g 音（例如：**gem**）。

Directions: Listen and circle the pictures that have the <u>soft</u> "**g**" sound.

說明： 將含有軟 g 音的圖片圈起來。

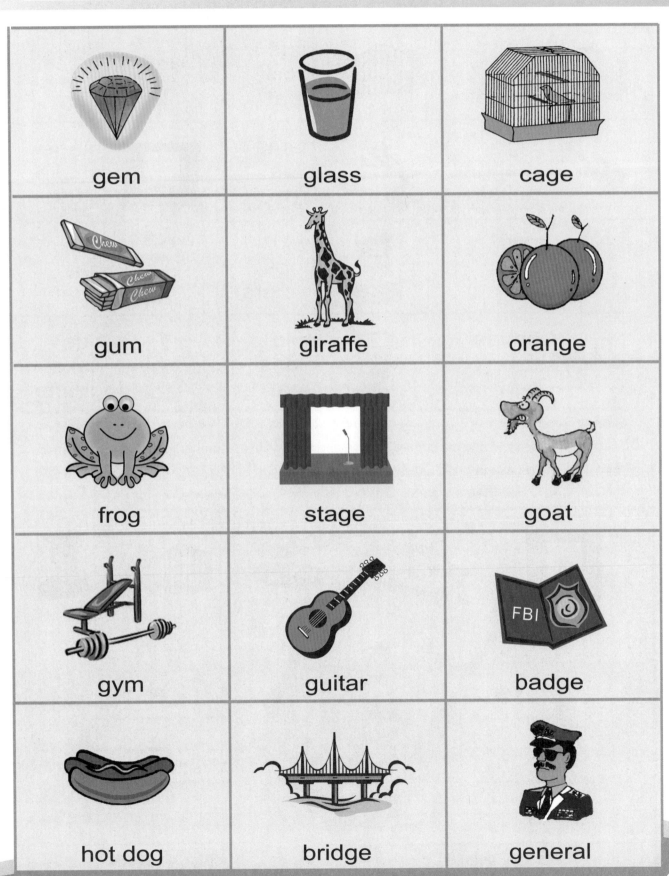

gem	glass	cage
gum	giraffe	orange
frog	stage	goat
gym	guitar	badge
hot dog	bridge	general

CONSONANT Gg: HARD AND SOFT SOUND (子音Gg: 硬G音與軟G音)

Directions: Listen and say the picture's name and then circle the correct word.

說明：注意聽說出圖片的名稱，將正確的字圈起來。

cat cage cassette	gate clock boat	bet cot gem
big dragon guitar	name blue gym	stage snake student
bag ruler car	twig book general	fish bat goat
bridge fish bed	cold glass boat	bus cake giraffe

Directions: Listen and say the picture's name and then write its number in the correct pyramid.

說明：注意聽圖片的名稱並將它的號碼填入正確的金字塔中。硬 **g** 音在左邊，軟 **g** 音在右邊。

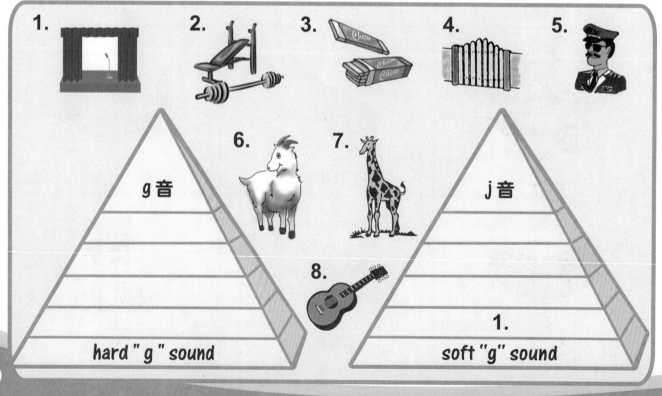

1. 2. 3. 4. 5.

6. 7.

g 音   j 音

8.

1.

hard " g " sound   soft "g" sound

14

CONSONANT Hh AND Jj (子音 Hh 和 Jj)

Directions: Listen and say the picture's name. If the name <u>starts</u> with the " h " sound, write **h** in the box (example: <u>h</u>at).

說明： 注意聽並說出圖片的名稱，如果此名稱以 **h** 音為起始，就把 **h** 寫在格子內。

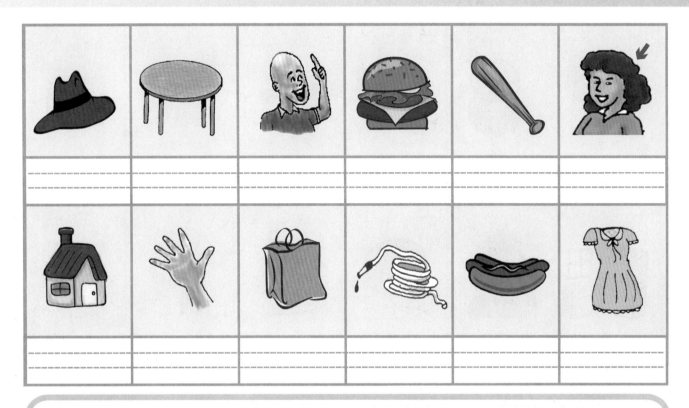

Directions: Listen and say the picture's name. If the name <u>starts</u> with the " j " sound, write **j** in the box (example: <u>j</u>eep).

說明： 注意聽並說出圖片的名稱，如果此名稱以 **j** 音為起始，就把 **j** 寫在格子內。

CONSONANT Kk (子音 Kk)

Directions: Listen and say the picture's name. If the name <u>starts</u> with the " k " sound, write **k** in the box (example: <u>k</u>ite).

說明：注意聽並說出圖片的名稱，如果此名稱以 **k** 音為起始，就把 **k** 寫在格子內。

Directions: Listen and say the picture's name. If the name <u>ends</u> with the " k " sound, write **k** in the box (example: duc<u>k</u>).

說明：注意聽並說出圖片的名稱，如果此名稱以 **k** 音為結尾，就把 **k** 寫在格子內。

CONSONANT Ll (子音 Ll)

Directions: Listen and say the picture's name. If the name <u>starts</u> with the " l " sound, write **l** in the box (**example: leg**).

說明：注意聽並說出圖片的名稱，如果此名稱以 l 音為起始，就把 l 寫在格子內。

Directions: Listen and say the picture's name. If the name <u>ends</u> with the " l " sound, write **l** in the box (**example: pencil**).

說明：注意聽並說出圖片的名稱，如果此名稱以 l 音為結尾，就把 l 寫在格子內。

CONSONANT Mm (子音 Mm)

Directions: Listen and say the picture's name. If the name <u>starts</u> with the " **m** " sound, write **m** in the box (example: <u>m</u>oon).

說明：注意聽並說出圖片的名稱，如果此名稱以 **m** 音為起始，就把 **m** 寫在格子內。

Directions: Listen and say the picture's name. If the name <u>ends</u> with the " **m** " sound, write **m** in the box (example: ar<u>m</u>).

說明：注意聽並說出圖片的名稱，如果此名稱以 **m** 音為結尾，就把 **m** 寫在格子內。

CONSONANT Nn (子音Nn)

Directions: Listen and say the picture's name. If the name <u>starts</u> with the " n " sound, write **n** in the box (example: <u>n</u>ine).

說明：注意聽並說出圖片的名稱，如果此名稱以 n 音為起始，就把 n 寫在格子內。

Directions: Listen and say the picture's name. If the name <u>ends</u> with the " n " sound, write **n** in the box (example: te<u>n</u>).

說明：注意聽並說出圖片的名稱，如果此名稱以 n 音為結尾，就把 n 寫在格子內。

CONSONANT Pp (子音 Pp)

Directions: Listen and say the picture's name. If the name <u>starts</u> with the "p" sound, write **p** in the box (**example: pig**).

說明：注意聽並說出圖片的名稱，如果此名稱以 **p** 音為起始，就把 **p** 寫在格子內。

Directions: Listen and say the picture's name. If the name <u>ends</u> with the "**p**" sound, write **p** in the box (**example: cup**).

說明：注意聽並說出圖片的名稱，如果此名稱以 **p** 音為結尾，就把 **p** 寫在格子內。

CONSONANT Qq (子音 Qq)

Rule: Q is always followed by **u** and pronounced as the " **kw** " sound (example: <u>q</u>uiet).

規則： Q 之後一定跟隨著 **u**，它們的發音則發成 **k w** 音。

Directions: Listen and say the picture's name. If the name <u>starts</u> with the " **q** " sound, write **q** in the box.

說明： 注意聽並說出圖片的名稱，如果此名稱以 q 音為起始，就把 q 寫在格子內。

CONSONANT Rr (子音 Rr)

Directions: Listen and say the picture's name. If the name <u>starts</u> with the " r " sound, write **r** in the box (**example: ruler**).

說明：注意聽並說出圖片的名稱，如果此名稱以 r 音為起始，就把 r 寫在格子內。

Directions: Listen and say the picture's name. If the name <u>ends</u> with the " r " sound, write **r** in the box (**example: chai<u>r</u>**).

說明：注意聽並說出圖片的名稱，如果此名稱以 r 音為結尾，就把 r 寫在格子內。

CONSONANT Ss (子音 Ss)

Directions: Listen and say the picture's name. If the name <u>starts</u> with the " s " sound, write **s** in the box (**example:** <u>s</u>even).

說明：注意聽並說出圖片的名稱，如果此名稱以 **s** 音為起始，就把 **s** 寫在格子內。

Directions: Listen and say the picture's name. If the name <u>ends</u> with the " s " sound, write **s** in the box (**example:** bu<u>s</u>).

說明：注意聽並說出圖片的名稱，如果此名稱以 **s** 音為結尾，就把 **s** 寫在格子內。

CONSONANT Tt（子音 Tt）

Directions: Listen and say the picture's name. If the name <u>starts</u> with the " t " sound, write **t** in the box (**example:** <u>t</u>able).

說明：注意聽並說出圖片的名稱，如果此名稱以 **t** 音為起始，就把 **t** 寫在格子內。

Directions: Listen and say the picture's name. If the name <u>ends</u> with the " t "sound, write **t** in the box (**example:** ha<u>t</u>).

說明：注意聽並說出圖片的名稱，如果此名稱以 **t** 音為結尾，就把 **t** 寫在格子內。

CONSONANT Vv （子音Vv）

Directions: Listen and say the picture's name. If the name <u>starts</u> with the " v " sound, write **v** in the box (**example:** <u>v</u>an).

說明：注意聽並說出圖片的名稱，如果此名稱以 **v** 音為起始，就把 **v** 寫在格子內。

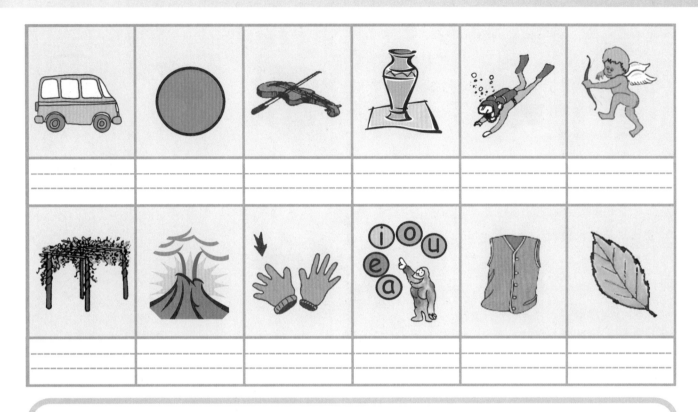

Directions: Listen and say the picture's name. If the name <u>ends</u> with the " v " sound, write **v** in the box (**example:** fi<u>v</u>e).

說明： 注意聽並說出圖片的名稱，如果此名稱以 **v** 音為結尾，就把 **v** 寫在格子內。

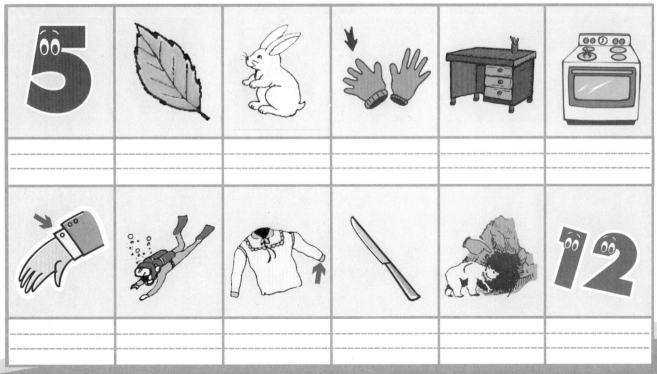

CONSONANT Ww Xx Yy Zz (子音 Ww Xx Yy Zz)

Directions: Listen and say the picture's name. If the name <u>starts</u> with the " w " sound, write w in the box (**example:** <u>w</u>atch).

說明： 注意聽並說出圖片的名稱，如果此名稱以 w 音為起始，就把 w 寫在格子內。

Directions: Listen and say the picture's name. If the name <u>ends</u> with the " x " sound, write x in the box (**example:** bo<u>x</u>).

說明： 注意聽並說出圖片的名稱，如果此名稱以 x 音為結尾，就把 x 寫在格子內。

Directions: Listen and say the picture's name. If the name <u>starts</u> with the " y " sound, write y in the box (**example:** <u>y</u>o - yo).

說明： 注意聽並說出圖片的名稱，如果此名稱以 y 音為起始，就把 y 寫在格子內。

Directions: Listen and say the picture's name. If the name <u>starts</u> with the " z " sound, write z in the box (**example:** <u>z</u>oo).

說明： 注意聽並說出圖片的名稱，如果此名稱以 z 音為起始，就把 z 寫在格子內。

CONSONANT PRACTICE（子音練習）

Directions: Listen and say the picture's name and then write the missing letter(s) in the space below.

說明： 注意聽並說出圖片的名稱，將漏掉的字母填在下面的空格中。

Note: Remember to trace the light letters. 記得把淡的字母描寫一次。

CONSONANT PRACTICE（子音練習）

Directions: Listen and say the picture's name and then write the missing letter(s) in the space below.

說明：注意聽並說出圖片的名稱，將漏掉的字母填在下面的空格中。

Note: Remember to trace the light letters. 記得把淡的字母描寫一次。

_ a b _ i _	_ a _ e	_ t _ a _
_ e _ _	k _ i _ e	_ a _
_ e _ r _ a	_ e _	_ a _
_ e _ l	_ r o _	_ a _
_ a c _ e	_ e _	_ e _

GAME: 4 IN A ROW （遊戲：四子棋）

Directions: Listen and say the picture's name and then draw a line through the four
pictures that **begin** with the same sound.

說明：注意聽並說出圖片的名稱，將**起始音**相同的四個圖片連成一線。

Directions: Listen and say the picture's name and then draw a line through the four
pictures that **end** with the same sound.

說明：注意聽並說出圖片的名稱，將結尾音相同的四個圖片連成一線。

GAME: 4 IN A ROW (遊戲：四子棋)

Directions: Listen and say the picture's name and then draw a line through the four pictures that **begin** with the same sound.

說明：注意聽並說出圖片的名稱，將**起始音**相同的四個圖片連成一線。

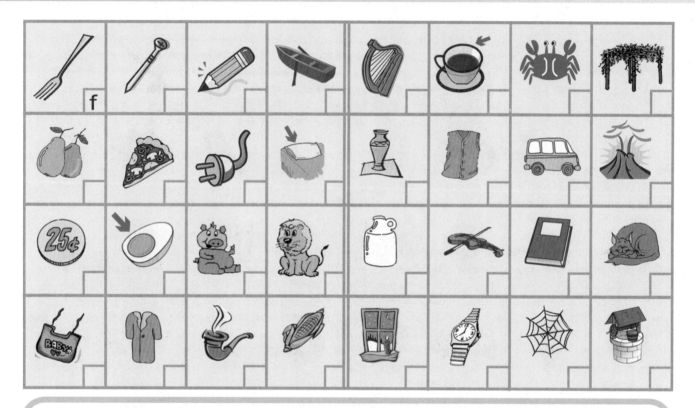

Directions: Listen and say the picture's name and then draw a line through the four pictures that **end** with the same sound.

說明：注意聽並說出圖片的名稱，將**結尾音**相同的四個圖片連成一線。

SHORT VOWEL Aa (短母音Aa)

(α) [æ]

★ **Short Vowel Rule:** If a word or a syllable has only <u>one</u> vowel and it comes at the <u>beginning</u> (example: <u>a</u>t) or <u>between</u> two consonants (example: c<u>a</u>t) , the vowel is <u>usually</u> pronounced as the **short** sound.

★ **短母音規則：** 如果一個字或一個音節只有一個母音，而且這母音出現在字首 (例如：at) 或在兩個子音之間 (例如：cat) ，這母音通常是短母音。

Directions: Listen and say the word and then circle the pictures that have the **short vowel " a "** sound.

說明： 注意聽並說出這個字，把含有**短母音a** 的圖片圈起來。

Directions: Listen and say the picture's name. If the name has the **short vowel " a "** sound, write **a** in the box.

說明： 注意聽並說出這圖片的名稱，如果此名稱含有**短母音a** ，就把**a** 寫在格子內。

SHORT VOWEL Aa (短母音 Aa)

Directions: Listen and say the picture's name and then circle the correct word.

說明：注意聽並說出圖片的名稱，將正確的字圈起來。

cab	map	pat	cat	dad	at
van	fat	cab	cap	bad	bag
bat	bad	fat	can	and	crab
cat	bag	cap	cab	ax	apple
dam	mad	ant	tag	flag	flat
map	mat	nap	bag	man	tack
pad	cat	cab	tack	hand	can
van	mat	at	fat	has	ax
back	had	fad	sat	nap	lamp
pat	land	fat	cat	hat	had

SHORT VOWEL Aa (短母音 Aa)

Directions: Listen and say the picture's name and then write the missing letter(s) in the space below.

說明： 注意聽並說出圖片的名稱，將漏掉的字母填在下面的空格中。

Note: Remember to trace the light letters. 記得把淡的字母描寫一次。

_ a t

_ l a _

_ a c _

c a _

c a _

_ a c _

_ a t _

t a _

_ l a _

_ a _ _

_ a _ _

_ a _ _

_ a _ _

_ _ x

_ a _

_ a _ _

SHORT VOWEL Aa TEST (短母音 Aa 測驗)

Directions: Listen and say the picture's name and then write the word in the space below.

說明：注意聽並說出圖片的名稱，將這個字寫在下面的空格中。

Note: Remember to trace the light letters.　記得把淡的字母描寫一次。

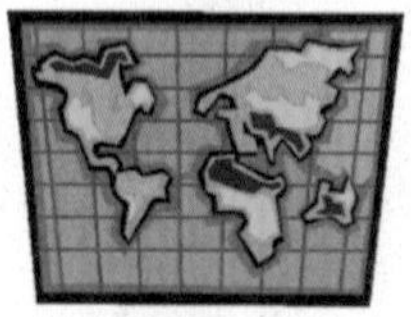

＿ ＿ ＿ ＿	＿ ＿ ＿	＿ ＿ ＿	＿ ＿ ＿
＿ ＿ ＿	ℂ ＿ ＿ ＿	＿ ＿ ＿ ＿	＿ ＿ ＿
ℂ ＿ ＿ ＿	＿ ＿ ＿	＿ ＿ ＿	＿ ＿ ＿
＿ ＿ ＿ ＿ ＿	＿ ＿ ＿	＿ ＿ ＿	＿ ＿ ＿

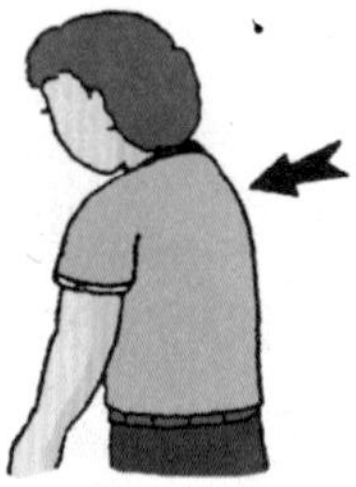

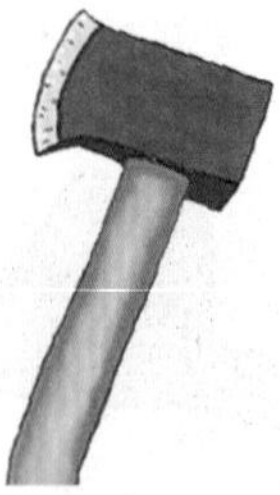

LONG VOWEL Aa (長母音 Aa) (ā) [e]

★ **Long Vowel Rule:** If a word has <u>two</u> vowels and it is <u>one</u> syllable, the first vowel <u>usually</u> has the **long** sound and the second vowel is <u>silent</u> (**examples: c<u>a</u>ke, r<u>a</u>in, and h<u>a</u>y**).

★ **長母音規則：** 如果一個字或單一音節有兩個母音，通常第一個母音發長音，而第二個母音不發音 (例如：c<u>a</u>ke、r<u>a</u>in、 和 h<u>a</u>y)。

Directions: Listen and say the word and then circle the pictures that have the **long vowel "a"** sound.

說明： 注意聽並說出這個字，把含有**長母音 a** 的圖片圈起來。

Note: Eigh is <u>usually</u> pronounced as the **long vowel "a"** sound (**example: <u>eigh</u>t**).

註：Eigh 的發音通常也發**長母音 a** 的發音 (例如：<u>eigh</u>t)。

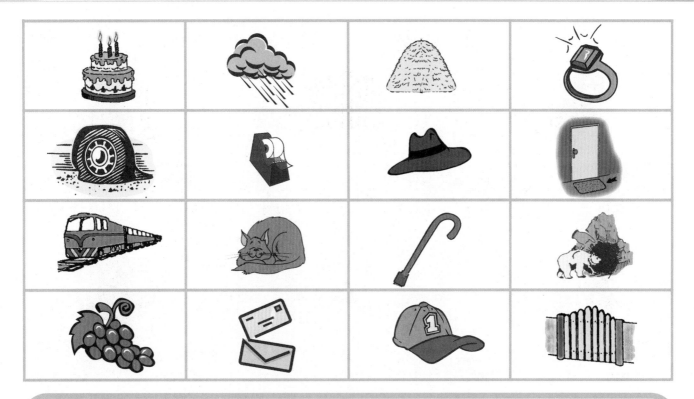

Directions： Listen and say the picture's name. If the name has the **long vowel "a"** sound, write **a** in the box.

說明： 注意聽並說出這圖片的名稱，如果此名稱含有**長母音 a**，就把 **a** 寫在格子內。

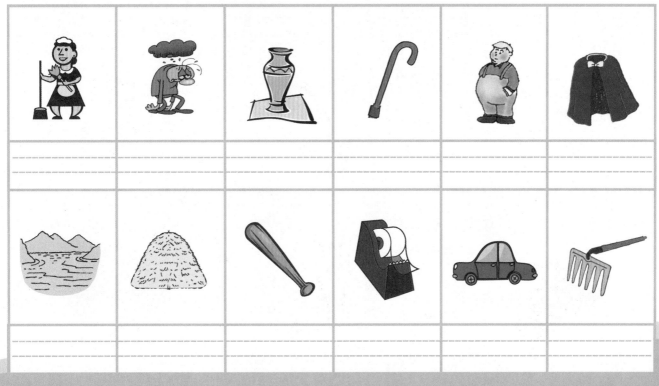

LONG VOWEL Aa（長母音 Aa）

Directions: Listen and say the picture's name and then circle the correct word.

說明：注意聽並說出圖片的名稱，將正確的字圈起來。

Note: The long vowel sound is the same sound as the letter itself.

註：長母音的發音與其字母本身的發音相同。

tap　　　tape	gain　　　pale	cake　　　lack
cake　　　cape	gate　　　gap	tape　　　lake
pray　　　gale	can　　　maid	day　　　pray
rack　　　hay	made　　　cane	play　　　cap
map　　　gate	rain　　　can	hand　　　wake
ape　　　lake	train　　　cane	rain　　　rake
sail　　　mad	can　　　gate	made　　　mad
mail　　　pail	came　　　cane	sale　　　mail
sand　　　grapes	take　　　make	rain　　　lake
gale　　　gave	vase　　　late	train　　　ran

LONG VOWEL Aa (長母音 Aa)

Directions: Listen and say the picture's name and then write the missing letter(s) in the space below.

說明：注意聽並說出圖片的名稱，將漏掉的字母填在下面的空格中。

Note: Remember to trace the light letters. 記得把淡的字母描寫一次。

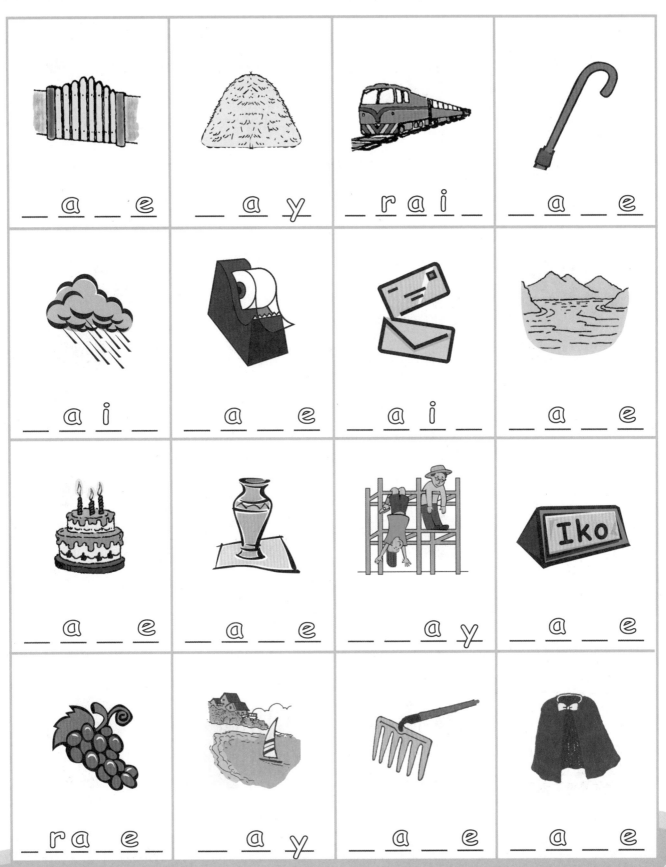

_ _ a _ e   _ _ a y   _ r a i _   _ a _ e

_ _ a i _   _ a _ e   _ a i _   _ a _ e

_ a _ e   _ a _ e   _ a y   _ a _ e

_ r a _ e _   _ a y   _ a _ e   _ a _ e

LONG VOWEL Aa TEST (長母音 Aa 測驗)

Directions: Listen and say the picture's name and then write the word in the space below.

說明： 注意聽並說出圖片的名稱，將這個字寫在下面的空格中。

Note: Remember to trace the light letters. 記得把淡的字母描寫一次。

_ _ _ e

_ _ i _

_ _ _ e

_ _ i _

r _ e _

_ _ e _

_ _ _ y

_ _ _ e

_ _ _ e

_ r i _

_ _ _ e

_ _ _ y

_ _ _ e

_ _ _ y

_ _ _ e

_ _ i _

SHORT VOWEL A a READING (短母音 Aa 閱讀練習)

Directions: Listen and read each sentence and then write it in the space provided.

說明： 注意聽並跟著念出下列句子，接著在下面的空格中練習寫出這個句子。

The cat sat on Nat.

The fat cat has a hat.

Pat and Nat sat on a tack.

Pat and Nat are mad at the cat!

LONG VOWEL A a READING (長母音 A a 閱讀練習)

Directions: Listen and read each sentence and then write it in the space provided.

說明： 注意聽並跟著念出下列句子，接著在下面的空格中練習寫出這個句子。

The ape ate the cake.

Jake the ape hates snakes.

Dave and Jake play with a snake.

The snake, Jake and Dave hate to wait.

SHORT VOWEL E e (短母音 E e)

★ **Short Vowel Rule:** If a word or a syllable has only <u>one</u> vowel and it comes at the <u>beginning</u> (**example: egg**) or <u>between</u> two consonants (**example: leg**), the vowel is <u>usually</u> pronounced as the **short** sound.

★ **短母音規則：** 如果一個字或一個音節只有一個母音，而且這母音出現在字首 (例如：**egg**) 或在兩個子音之間 (例如：**leg**)，這母音通常是短母音。

Directions: Listen and say the word and then circle the pictures that have the **short vowel " e "** sound.

說明： 注意聽並說出這個字，把含有**短母音 e** 的圖片圈起來。

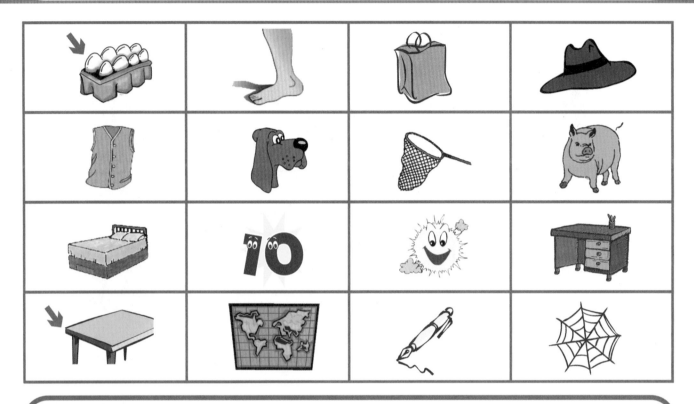

Directions: Listen and say the picture's name. If the name has the **short vowel " e "** sound, write **e** in the box.

說明： 注意聽並說出這圖片的名稱，如果此名稱含有**短母音 e**，就把 e 寫在格子內。

SHORT VOWEL E e (短母音 E e)

Directions: Listen and say the picture's name and then circle the correct word.

說明：注意聽並說出圖片的名稱，將正確的字圈起來。

hand flag	back desk	test tent
well web	west beg	sled dress
pan pen	pet bell	ten ape
red map	cat desk	eight egg
tent bad	ten pen	web seven
bed hen	red tan	west men
man net	cat mess	vast vest
met men	net bed	tag lamp
pencil bat	bath gem	check chess
let pen	lag leg	can end

SHORT VOWEL E e (短母音 Ee)

Directions: Listen and say the picture's name and then write the missing letter(s) in the space below.

說明：注意聽並說出圖片的名稱，將漏掉的字母填在下面的空格中。

Note: Remember to trace the light letters. 記得把淡的字母描寫一次。

___ ___ g   ___ e ___   c ___ p   b ___ d

___ ___ g   b ___ d   d ___ s ___   ___ e ___

___ ___ ___ l   ___ l ___ g   ___ e ___   ___ ___ t

___ a n ___   n ___ ___   ___ ___ s ___   ___ n

SHORT VOWEL Ee TEST (短母音 Ee 測驗)

Directions: Listen and say the picture's name and then write the word in the space below.

說明：注意聽並說出圖片的名稱，將這個字寫在下面的空格中。

Note: Remember to trace the light letters. 記得把淡的字母描寫一次。

LONG VOWEL E e (長母音 E e)　　　(ē) [i]

★ **Long Vowel Rule 1:** If a word has <u>two</u> vowels and it is <u>one</u> syllable, the first vowel <u>usually</u> has the **long** sound and the second vowel is <u>silent</u> (examples: **jeep, leaf, and these**).

★ **長母音規則1：** 如果一個單一音節的字有兩個母音，通常第一個母音發長音，而第二個母音不發音 (例如：j<u>ee</u>p、l<u>ea</u>f 和 th<u>e</u>se)。

★ **Long Vowel Rule 2:** If a word or syllable has <u>only</u> one vowel and it comes at the <u>end</u>, the vowel is <u>usually</u> long (examples: **we, he, and she**).

★ **長母音規則2：** 如果一個字或一個音節只有一個母音，而且出現在字或音節的結尾，這母音通常也發長音 (例如：w<u>e</u>、h<u>e</u> 和 sh<u>e</u>)。

Directions: Listen and say the word and then circle the pictures that have the **long vowel " e "** sound.

說明： 注意聽並說出這個字，把含有<u>**長母音 e**</u> 的圖片圈起來。

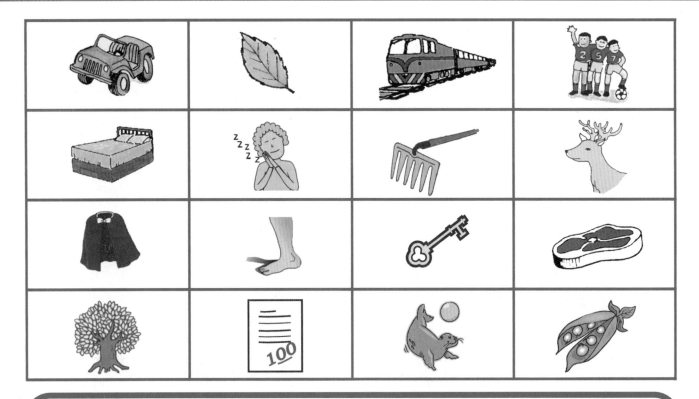

Directions: Listen and say the picture's name. If the name has the **long vowel " e "** sound, write **e** in the box.

說明： 注意聽並說出這圖片的名稱，如果此名稱含有<u>**長母音 e**</u>，就把 **e** 寫在格子內。

LONG VOWEL E e (長母音 E e)

Directions: Listen and say the picture's name and then circle the correct word.

說明：注意聽並說出圖片的名稱，將正確的字圈起來。

Note: The long vowel sound is the same sound as the letter itself.

註：長母音的發音與其字母本身的發音相同。

bake bed	train bell	deer dam
beans leaf	seat jeep	dare queen
bag beak	bean leaf	leg meat
week tree	key keep	feet lake
weed ban	seal ten	bee jeep
bee beet	peel seat	heat bet
quack peep	train leg	check cheese
queen tent	key tree	these bag
tan needle	weeds seal	needle van
teeth team	need can	three tree

LONG VOWEL E e (長母音 E e)

Directions: Listen and say the picture's name and then write the missing letter(s) in the space below.

說明：注意聽並說出圖片的名稱，將漏掉的字母填在下面的空格中。

Note: Remember to trace the light letters. 記得把淡的字母描寫一次。

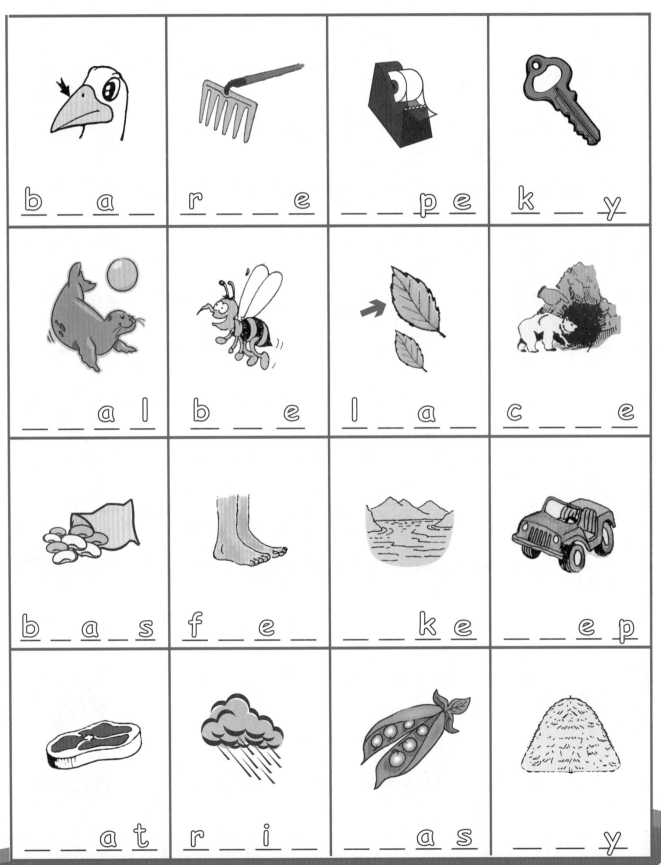

b _ a _	r _ _ e	_ _ p e	k _ y
_ _ a l	b _ e	l _ a	c _ _ e
b _ a _ s	f _ e _	_ _ k e	_ _ e p
_ _ a t	r _ i	_ a s	_ _ y

LONG VOWEL Ee TEST（長母音 Ee 測驗）

Directions: Listen and say the picture's name and then write the word in the space below.

說明： 注意聽並說出圖片的名稱，將這個字寫在下面的空格中。

Note: Remember to trace the light letters. 記得把淡的字母描寫一次。

 _ _ _ e	 _ _ a _ s	 _ _ _ y	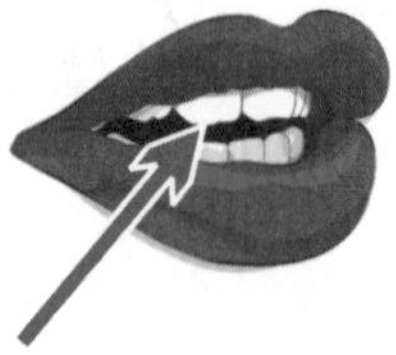 _ _ e t h
 a _ _ _	 _ _ a _	 _ e _ _	 _ _ a _
 _ l _ e _	 _ e _ _	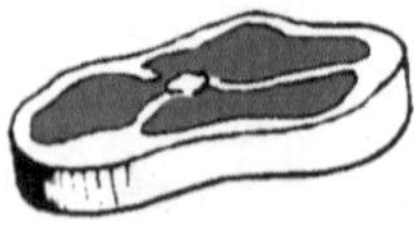 _ _ a _	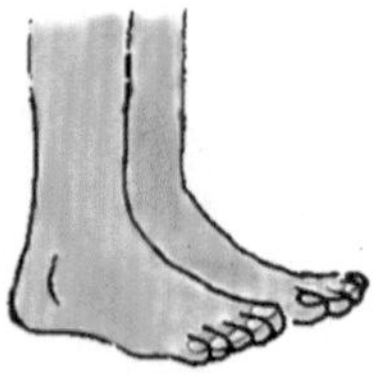 _ _ e _ _
 _ a _ _ _	 _ e _ _	 _ _ e _	 _ u e _ _

SHORT VOWEL E e READING (短母音 Ee 閱讀練習)

Directions: Listen and read each sentence and then write it in the space provided.

說明：注意聽並跟著念出下列句子，接著在下面的空格中練習寫出這個句子。

The web is on the bed.

Ten men in a nest.

The hen met ten men.

The hen has ten men in a net.

LONG VOWEL E e READING (長母音 Ee 閱讀練習)

Directions: Listen and read each sentence and then write it in the space provided.

說明:注意聽並跟著念出下列句子,接著在下面的空格中練習寫出這個句子。

A jeep is in the tree.

The bee has three keys.

Gene the seal eats green beans.

The bee and the seal can read.

SHORT VOWEL Ii (短母音 Ii)

★**Short Vowel Rule:** If a word a syllable has only <u>one</u> vowel and it comes at the <u>beginning</u> (**example: it**) or <u>between</u> two consonants (**example: sit**), the vowel is <u>usually</u> pronounced as the **short** sound.

★**短母音規則：**如果一個字或一個音節只有一個母音，而且這母音出現在字首 (**例如：it**) 或在兩個子音之間 (**例如：sit**)，這母音通常是短母音。

Directions: Listen and say the word and then circle the pictures that have the **short vowel " i "** sound.

說明：注意聽並說出這個字，把含有**短母音 i** 的圖片圈起來。

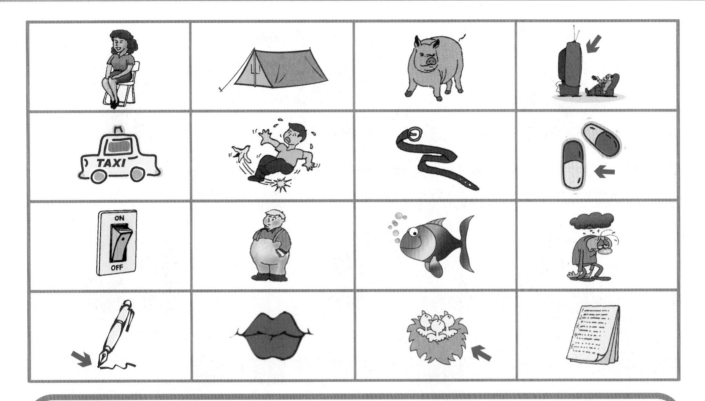

Directions: Listen and say the picture's name. If the name has the **short vowel " i "** sound, write **i** in the box.

說明：注意聽並說出這圖片的名稱，如果此名稱含有**短母音 i**，就把 **i** 寫在格子內。

SHORT VOWEL Ii (短母音 Ii)

Directions: Listen and say the picture's name and then circle the correct word.

說明：注意聽並說出圖片的名稱，將正確的字圈起來。

ink ran	slip six	will milk
lips red	sat sit	wish witch
cap fist	seen switch	bag bib
milk kin	swim sat	big bridge
fish van	pen bat	man milk
fist fat	pet pig	mess ten
sit sat	bet bell	tip tag
bag six	bridge bat	table ten
bib big	in it	lip list
fat bet	tip ink	lamp last

SHORT VOWEL Ii (短母音Ii)

Directions： Listen and say the picture's name and then write the missing letter(s) in the space below.

說明： 注意聽並說出圖片的名稱，將漏掉的字母填在下面的空格中。

Note: Remember to trace the light letters. 記得把淡的字母描寫一次。

__ __ p	__ i __	__ c __	__ l __ p
w __ __	b __ __	__ tch	n __ t
__ s __	__ l __	t __ __	__ __ s h
__ __ s t	__ l __	__ __ x	__ __ p s

SHORT VOWEL Ii TEST (短母音 Ii 測驗)

Directions: Listen and say the picture's name and then write the word in the space below.

說明：注意聽並說出圖片的名稱，將這個字寫在下面的空格中。

Note: Remember to trace the light letters.　記得把淡的字母描寫一次。

 _ _ _	 _ _ _	 _ _ _	 _ _ _
 _ s h	 _ _ _	 _ _ p _	 _ _ _
 _ _ _	 _ _ _	 s h _ _	 _ _ l
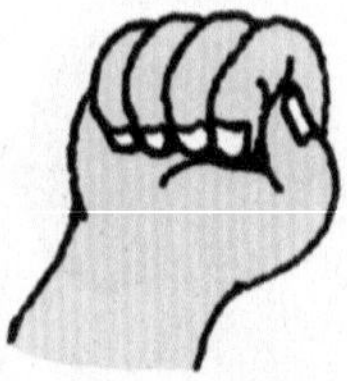 _ _ _ _	 _ _ _	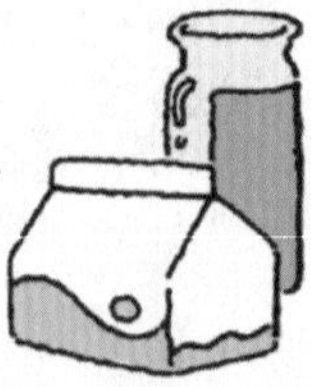 _ l _ _	 w h _ _

LONG VOWEL Ii (長母音 Ii)

★ **Long Vowel Rule:** If a word has <u>two</u> vowels and it is <u>one</u> syllable, the first vowel <u>usually</u> has the **long** sound and the second vowel is <u>silent</u> (examples: k<u>i</u>te and b<u>i</u>ke).

★ **長母音規則：** 如果一個單一音節的字有兩個母音，通常第一個母音發長音，而第二個母音不發音 (例如：k<u>i</u>te 和 b<u>i</u>ke)。

Directions: Listen and say the word and then circle the pictures that have the **long vowel " i "** sound.

說明： 注意聽並說出這個字，把含有**長母音 i** 的圖片圈起來。

Directions: Listen and say the picture's name. If the name has the **long vowel " i "** sound, write **i** in the box.

說明： 注意聽並說出這圖片的名稱，如果此名稱含有**長母音 i**，就把 i 寫在格子內。

LONG VOWEL Ii (長母音 Ii)

Directions: Listen and say the picture's name and then circle the correct word.

說明：注意聽並說出圖片的名稱，將正確的字圈起來。

Note: The long vowel sound is the same sound as the letter itself.

註：長母音的發音與其字母本身的發音相同。

kit kite	pin sat	six sit
kin cat	mite mice	site swim
bib big	tag die	pip tip
bag bike	dice dig	page pipe
name nine	dam bag	fire hide
ten tip	dime dive	fig flag
vase pen	tire tip	fin five
fat vine	bell tie	fine sink
price dice	tip vine	slide bit
rice rain	pine pig	ride bite

LONG VOWEL Ii (長母音 Ii)

Directions: Listen and say the picture's name and then write the missing letter(s) in the space below.

說明： 注意聽並說出圖片的名稱，將漏掉的字母填在下面的空格中。

Note: Remember to trace the light letters. 記得把淡的字母描寫一次。

_ _ _ v e	d _ _ _ e	_ l _ a _	_ _ n e
_ v e	_ c e	l _ _ e	_ _ c e
_ _ e	_ _ r e	_ _ t e	_ _ a t
_ _ n e	_ _ a _ e	_ r _ e	_ _ p e

LONG VOWEL Ii TEST (長母音 Ii 測驗)

Directions: Listen and say the picture's name and then write the word in the space below.

說明：注意聽並說出圖片的名稱，將這個字寫在下面的空格中。

Note: Remember to trace the light letters. 記得把淡的字母描寫一次。

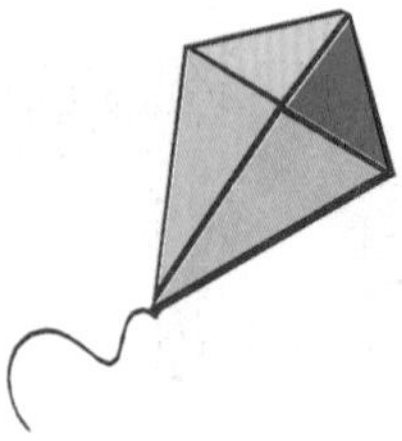 _ _ _ _ e	 _ _ _ _ e	 _ _ _ e	 _ _ _ e
 _ _ _ _ e	 _ _ _ _ e	 _ _ _ e	 _ _ _ _ e
 _ _ _ _ e	 _ _ _ e	 _ _ _ e	 _ _ _ _ e
 _ _ _ e	 _ _ _ _ e	 _ _ _ y	 _ _ _ _ e

58

SHORT VOWEL II READING (短母音 Ii 閱讀練習)

Directions: Listen and read each sentence and then write it in the space provided.

說明： 注意聽並跟著念出下列句子，接著在下面的空格中練習寫出這個句子。

Zig is a big pig.

Zig the pig has big lips.

Zig sat on Rick and Nick.

The fish has a big fin.

LONG VOWEL Ii READING (長母音Ii閱讀練習)

Directions: Listen and read each sentence and then write it in the space provided.

說明：注意聽並跟著念出下列句子，接著在下面的空格中練習寫出這個句子。

Five mice can ride a bike.

Zike likes to eat mice.

Zike has five ties.

Nine kites in a tree.

SHORT VOWEL Oo (短母音 Oo)

★ **Short Vowel Rule:** If a word or a syllable has only <u>one</u> vowel and it comes at the <u>beginning</u> (example: <u>o</u>x) or <u>between</u> two consonants (example: b<u>o</u>x), the vowel is <u>usually</u> pronounced as the **short** sound.

★ **短母音規則：**如果一個字或一個音節只有一個母音，而且這母音出現在字首 (例如：<u>o</u>x) 或在兩個子音之間 (例如：b<u>o</u>x) ，這母音通常是短母音。

Directions: Listen and say the word and then circle the pictures that have the **short vowel "o "** sound.

說明：注意聽並說出這個字，把含有 **短母音 o** 的圖片圈起來。

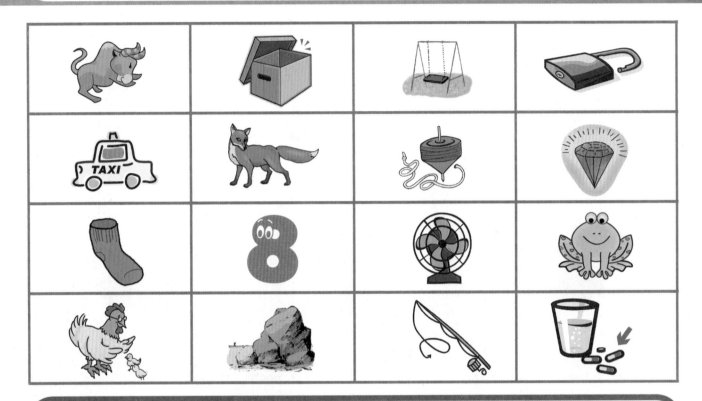

Directions: Listen and say the picture's name. If the name has the **short vowel "o "** sound, write **o** in the box.

說明：注意聽並說出這圖片的名稱，如果此名稱含有 **短母音 o**，就把 o 寫在格子內。

SHORT VOWEL Oo (短母音 Oo)

Directions: Listen and say the picture's name and then circle the correct word.

說明：注意聽並說出圖片的名稱，將正確的字圈起來。

cap · · · rod	
rob · · · ran	

not · · · rack	
rock · · · red	

top · · · tap	
tree · · · pop	

fox · · · ox	
box · · · bag	

log · · · lag	
flag · · · dog	

ox · · · pet	
ax · · · box	

map · · · mop	
tag · · · hop	

mop · · · smog	
ten · · · frog	

lock · · · clock	
lack · · · cap	

fog · · · man	
lag · · · log	

doll · · · dot	
desk · · · drop	

hat · · · pot	
at · · · hot	

clock · · · lock	
socks · · · red	

lots · · · dots	
mess · · · bat	

table · · · lips	
pot · · · jog	

SHORT VOWEL Oo (短母音Oo)

Directions: Listen and say the picture's name and then write the missing letter(s) in the space below.

說明：注意聽並說出圖片的名稱，將漏掉的字母填在下面的空格中。

Note: Remember to trace the light letters. 記得把淡的字母描寫一次。

_ _ o _	_ _ t	p _ _	_ _ _ x
_ _ t	_ x	t _ _	_ _ _ g
_ _ g	b _ _	_ o _	_ _ c _
_ l _ _	f _ _	_ _ n	s t _ _

SHORT VOWEL Oo TEST (短母音 Oo 測驗)

Directions: Listen and say the picture's name and then write the word in the space below.

說明:注意聽並說出圖片的名稱,將這個字寫在下面的空格中。

Note: Remember to trace the light letters. 記得把淡的字母描寫一次。

 _ _ _ _	 _ _ _	 _ _ _	 _ _ c _
 _ _ _	 _ _ _	 _ _ _	 _ _ _
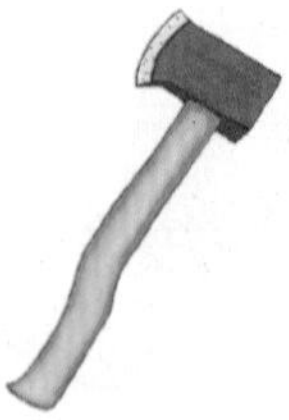 _ _ _	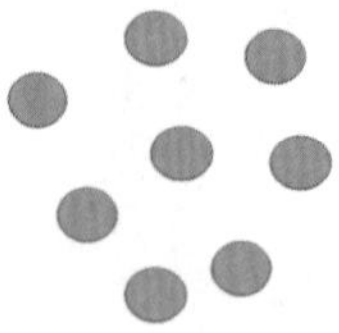 _ _ t _	 _ _ _	 _ _ c _
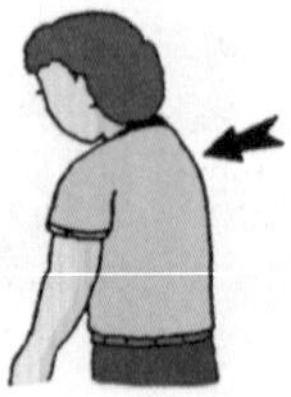 _ _ c _	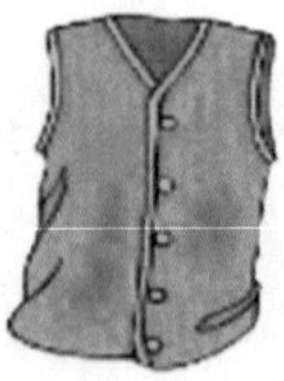 _ _ _ _	 _ _ _	 _ _ r _

LONG VOWEL O o (長母音 Oo) (ō) [o]

★ **Long Vowel Rule 1:** If a word has <u>two</u> vowels and it is <u>one</u> syllable, the first vowel <u>usually</u> has the long sound and the second vowel is <u>silent</u> (examples: n<u>o</u>se and b<u>o</u>at).

★ **長母音規則1:** 如果一個單一音節的字有兩個母音，通常第一個母音發音，而第二個母音不發音 (例如：n<u>o</u>se 和 b<u>o</u>at)。

★ **Long Vowel Rule 2:** If a word or syllable has <u>only</u> one vowel and it comes at the <u>end</u>, the vowel is <u>usually</u> long (examples: g<u>o</u> and s<u>o</u>).

★ **長母音規則2:** 如果一個字或音節只有一個母音，而且出現在字或音節的結尾，這母音通常也發長音 (例如：g<u>o</u> 和 s<u>o</u>)。

Directions: Listen and say the word and then circle the pictures that have the **long vowel "o"** sound.

說明： 注意聽並說出這個字，把含有**長母音 o** 的圖片圈起來。

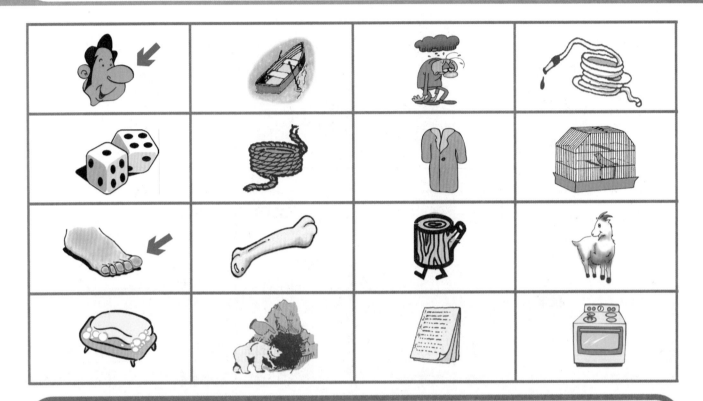

Directions: Listen and say the picture's name. If the name has the **long vowel "o"** sound, write **o** in the box.

說明： 注意聽並說出這圖片的名稱，如果此名稱含有**長母音 o**，就把 **o** 寫在格子內。

LONG VOWEL O o (長母音 O o)

Directions: Listen and say the picture's name and then circle the correct word.

說明：注意聽並說出圖片的名稱，將正確的字圈起來。

Note: The long vowel sound is the same sound as the letter itself.

註：長母音的發音與其字母本身的發音相同。

road / rod rain / toad	cake / con cone / can	hose / vase rose / like
bat / hoe bite / hope	rode / dome rod / soap	bone / joke cot / tone
nose / pad rip / hose	robe / coat rid / rob	dose / top bay / boat
lock / goat go / clock	joke / stove stone / toad	nose / hop dot / toe
rob / rock tick / rope	coat / boat dive / pine	five / hid hide / hose

LONG VOWEL Oo (長母音 Oo)

Directions: Listen and say the picture's name and then write the missing letter(s) in the space below.

說明：注意聽並說出圖片的名稱，將漏掉的字母填在下面的空格中。

Note: Remember to trace the light letters. 記得把淡的字母描寫一次。

r __ __ e	c __ __ e	n __ __ e	b __ __ e
__ __ a m	c __ a __ e	p __ p e	__ __ e
s t __ __ e	k __ __ e	g __ a __	b __ a __
s __ a __	m __ a __	__ __ p e	__ __ a t

LONG VOWEL Oo TEST (長母音 Oo 測驗)

Directions: Listen and say the picture's name and then write the word in the space below.

說明: 注意聽並說出圖片的名稱,將這個字寫在下面的空格中。

Note: Remember to trace the light letters. 記得把淡的字母描寫一次。

_ _ _ _ e

_ _ _ e

_ _ a _

_ _ _ e

_ _ a _

_ _ _ e

t _ _ e

_ _ _ e

_ _ e

_ _ a _

_ _ a _

_ _ a _

_ _ _ e

_ _ _ e

_ _ e

_ _ _ a _

Directions: Listen and read each sentence and then write it in the space provided.

說明： 注意聽並跟著念出下列句子，接著在下面的空格中練習寫出這個句子。

Lox has a big rod.

The big rock is on Nox.

Lox and Nox like to mop.

Nox and Lox are on the box.

LONG VOWEL Oo READING (長母音Oo閱讀練習)

Directions: Listen and read each sentence and then write it in the space provided.

說明：注意聽並跟著念出下列句子，接著在下面的空格中練習寫出這個句子。

Lope ate the coat.

Lope has a big bone.

OPPS! Sorry!

Moe broke Lope's hoe.

Lope sat in the boat.

SHORT VOWEL U u (短母音 U u)

★ **Short Vowel Rule:** If a word or a syllable has only <u>one</u> vowel and it comes at the <u>beginning</u> (example: **up**) or <u>between</u> two consonants (example: **cup**), the vowel is <u>usually</u> pronounced as the **short** sound.

★ **短母音規則：**如果一個字或一個音節只有一個母音，而且這母音出現在字首 (例如：**up**) 或在兩個子音之間 (例如：**cup**) ，這母音通常是短母音。

Directions: Listen and say the word and then circle the pictures that have the **short vowel "u"** sound.

說明：注意聽並說出這個字，把含有**短母音 u** 的圖片圈起來。

Directions: Listen and say the picture's name. If the name has the **short vowel "u"** sound, write **u** in the box.

說明：注意聽並說出這圖片的名稱，如果此名稱含有**短母音 u**，就把 **u** 寫在格子內。

SHORT VOWEL Uu (短母音Uu)

Directions: Listen and say the picture's name and then circle the correct word.

說明：注意聽並說出圖片的名稱，將正確的字圈起來。

frog	six	cup	cap	bag	bug
sun	sap	cape	kit	bit	bite

sock	table	plum	drum	tug	plug
sink	brush	cane	can	sub	pot

bun	cuff	mug	not	gum	mud
tub	tube	dad	nut	gun	ten

cat	cut	truck	dim	gap	gun
pup	cute	duck	dime	gum	care

cute	truck	hat	jog	bus	cone
cut	duck	hate	jug	con	big

SHORT VOWEL Uu (短母音 Uu)

Directions: Listen and say the picture's name and then write the missing letter(s) in the space below.

說明：注意聽並說出圖片的名稱，將漏掉的字母填在下面的空格中。

Note: Remember to trace the light letters. 記得把淡的字母描寫一次。

_ _ _ g	_ _ _ c k	_ _ e _	_ _ _ s h
j _ _ _	m _ _	_ _ b	_ _ t
_ _ s k	t r _ c _	_ _ l	_ _ c k
_ _ l	_ _ s	_ p	_ _ _ t

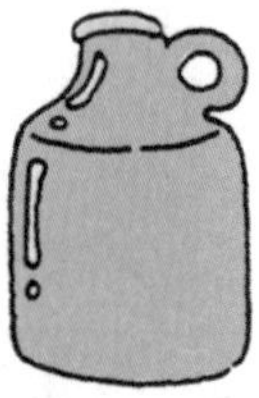

73

SHORT VOWEL Uu TEST (短母音 Uu 測驗)

Directions: Listen and say the picture's name and then write the word in the space below.

說明：注意聽並說出圖片的名稱，將這個字寫在下面的空格中。

Note: Remember to trace the light letters. 記得把淡的字母描寫一次。

LONG VOWEL U u (長母音 U u)

(yo͞o) (ū) [ju]

★ **Long Vowel Rule:** If a word has <u>two</u> vowels and it is <u>one</u> syllable, the first vowel <u>usually</u> has the **long** sound and the second vowel is <u>silent</u> (**examples: c<u>u</u>be and c<u>u</u>te**).

★ **長母音規則：** 如果一個單一音節的字有兩個母音，通常第一個母音發長音，第二個母音不發音 (例如：c<u>u</u>be 和 c<u>u</u>te)。

Directions: Listen and say the word and then circle the pictures that have the **long vowel " u "** sound.

說明： 注意聽並說出這個字，把含有**長母音 u** 的圖片圈起來。

Note: The long vowel sound is the same sound as the letter itself. 長母音的發音與其字母本身的發音相同。

Directions: Listen and say the picture's name. If the name has the **long vowel " u "** sound, write **u** in the box.

說明： 注意聽並說出這圖片的名稱，如果此名稱含有**長母音 u**，就把 **u** 寫在格子內。

75

LONG VOWEL Uu (長母音Uu)

Directions: Listen and say the picture's name and then write the missing letter(s) in the space below.

說明： 注意聽並說出圖片的名稱，將漏掉的字母填在下面的空格中。

Note: Remember to trace the light letters. 記得把淡的字母描寫一次。

t _ _ e   l _ _ e   _ _ e p   J _ _ e

_ _ a t   _ _ b e t   t _ _ e   f _ _ e

_ _ c e   _ _ s e   _ _ i c e   n _ _ e

d _ _ e   _ _ e t h   t _ _ e   _ _ l e

LONG VOWEL Uu TEST (長母音 Uu 測驗)

Directions: Listen and say the picture's name and then write the word in the space below.

說明：注意聽並說出圖片的名稱，將這個字寫在下面的空格中。

Note: Remember to trace the light letters. 記得把淡的字母描寫一次。

 _ _ i _ _	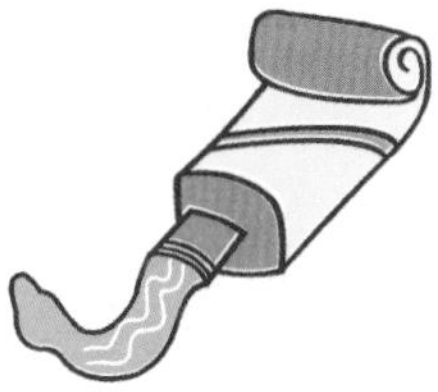 _ _ _ e	 _ _ _ e	 _ _ _ e
 _ _ _ e	 _ _ _ Y	 _ _ _ e	 _ _ _ e
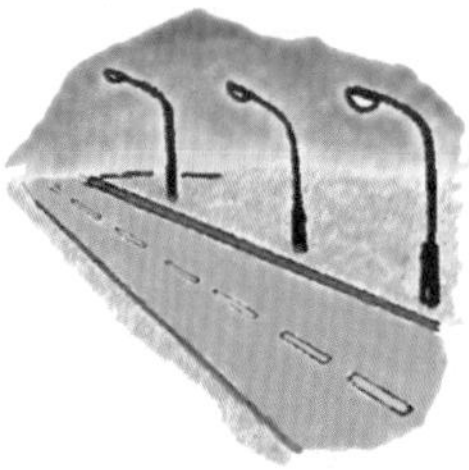 _ _ a _ _	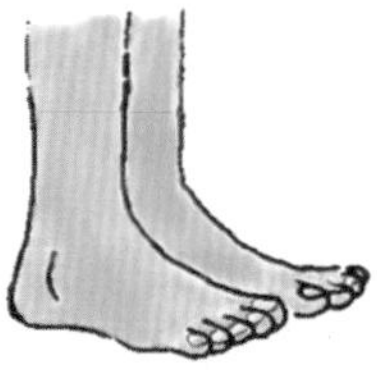 _ _ e	 _ _ l _ e	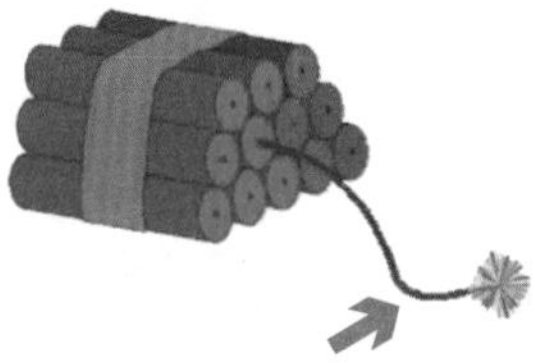 _ _ _ e
 _ _ i _ e	 _ _ _ e	 _ _ _ e	 _ _ _ e

SHORT VOWEL Uu READING （短母音Uu閱讀練習）

Directions: Listen and read each sentence and then write it in the space provided.

說明： 注意聽並跟著念出下列句子，接著在下面的空格中練習寫出這個句子。

Fun in the sun.

The bus hit the hut.

The duck is in the tub.

The bug cut the plug.

LONG VOWEL U u READING (長母音 U u 閱讀練習)

Directions: Listen and read each sentence and then write it in the space provided.

說明： 注意聽並跟著念出下列句子，接著在下面的空格中練習寫出這個句子。

Zuke is a cute mule.

Duke likes to ride Zuke.

Zuke sat on the tube.

Zuke can play the flute.

GAME: PYRAMID READING (遊戲：金字塔速讀)

Directions: Read from the top to the bottom and time yourself practicing the **short vowel** sounds.

說明： 由上往下朗讀，練習**短母音**發音，計時比比看；誰念得最快又正確。

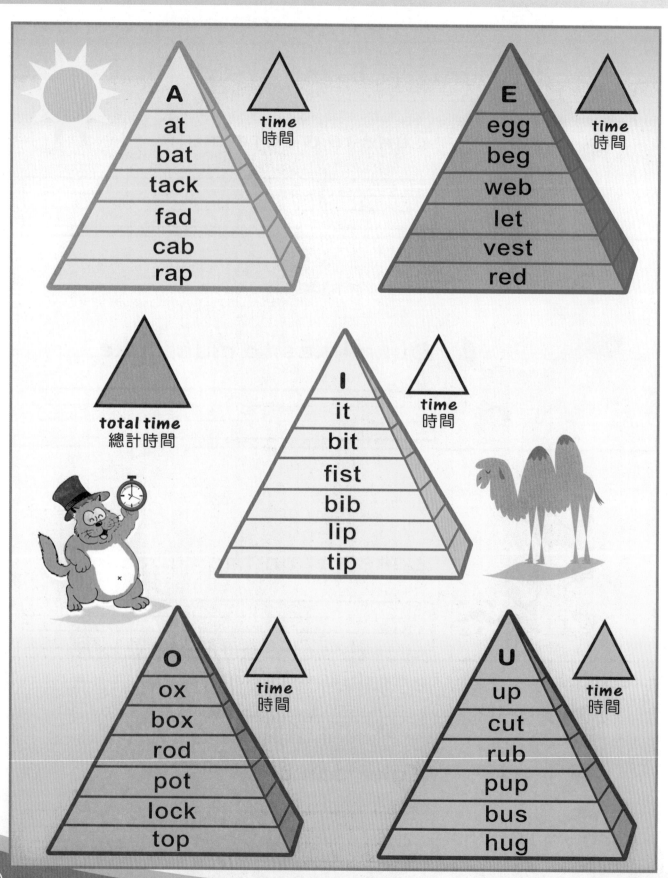

A
at
bat
tack
fad
cab
rap

time 時間

E
egg
beg
web
let
vest
red

time 時間

total time 總計時間

I
it
bit
fist
bib
lip
tip

time 時間

O
ox
box
rod
pot
lock
top

time 時間

U
up
cut
rub
pup
bus
hug

time 時間

GAME: PYRAMID READING （遊戲：金字塔速讀）

Directions: Read from the top to the bottom and time yourself practicing the <u>long vowel</u> sounds.

說明：由上往下朗讀，練習**長母音**發音，計時比比看；誰念得最快又正確。

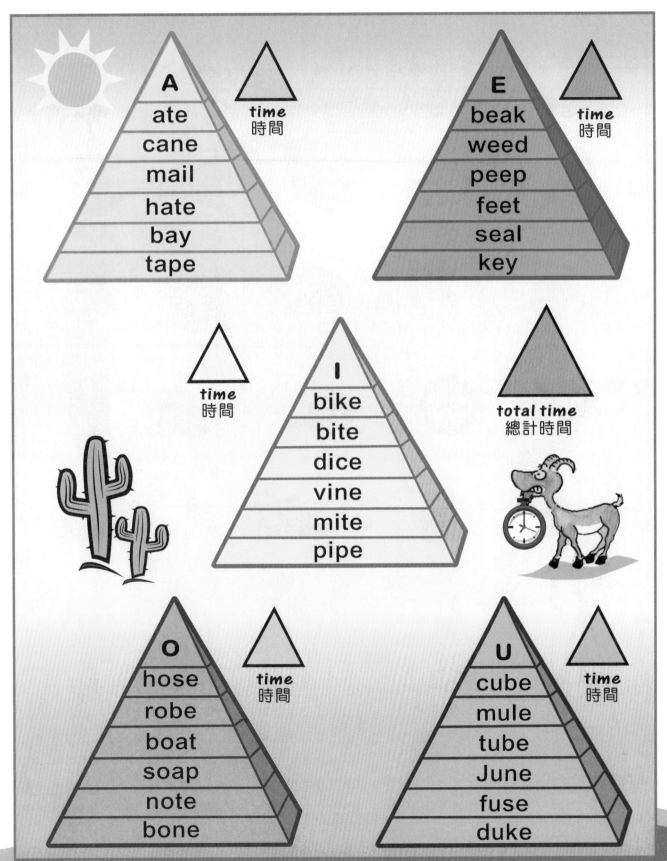

A
ate
cane
mail
hate
bay
tape

time 時間

E
beak
weed
peep
feet
seal
key

time 時間

time 時間

I
bike
bite
dice
vine
mite
pipe

total time 總計時間

O
hose
robe
boat
soap
note
bone

time 時間

U
cube
mule
tube
June
fuse
duke

time 時間

SHORT VOWEL PRACTICE （短母音練習）

Directions: Listen to the picture for the **short vowel** sound and write its number in the correct pyramid.

說明： 注意聽圖片的名稱及其中所包含的**短母音**發音，將它的編號填入正確的金字塔中。

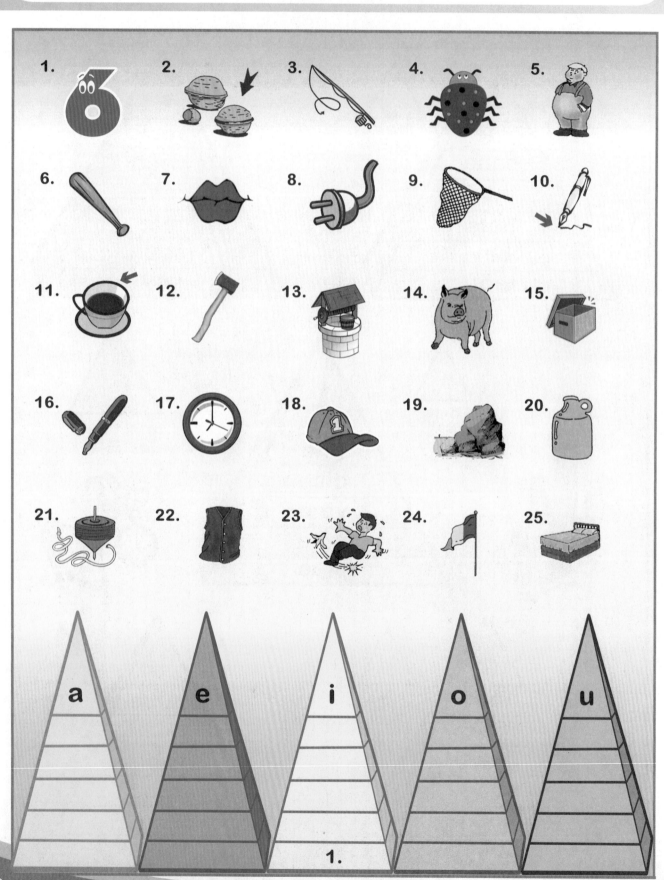

LONG VOWEL PRACTICE （長母音練習）

Directions: Listen to the picture for the **long vowel** sound and write its number in the correct pyramid.

說明： 注意聽圖片的名稱及其中所包含的**長母音**發音，將它的編號填入正確的金字塔中。

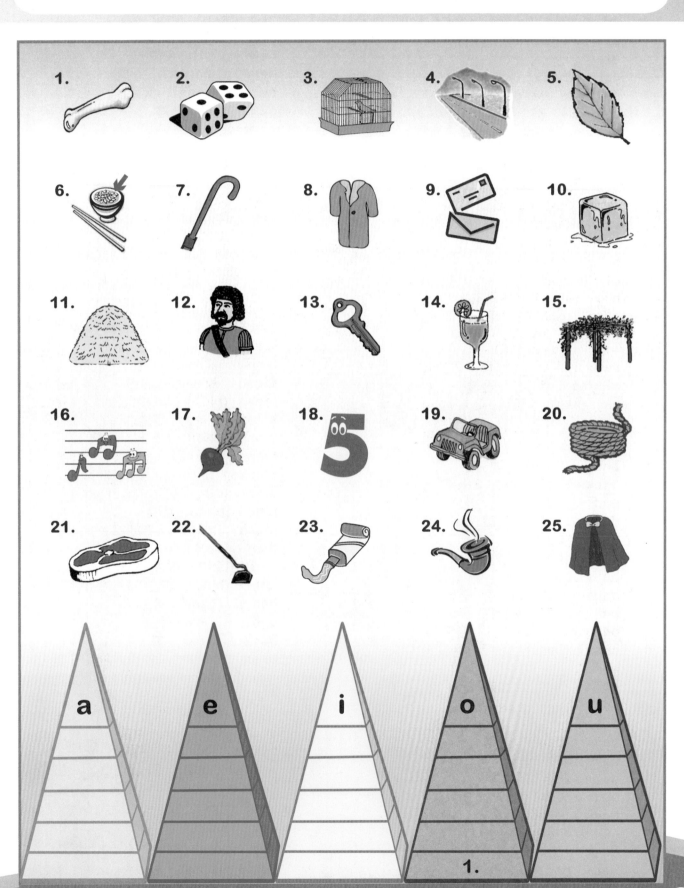

Glossary 字彙

Aa

acupuncture (ak'yōō puŋk'chər) 針灸
addition (ə dish'ən) 加；加之
adventure (ad ven'chər) 探險
advice (ad vĭs') 建議
ate (āj) 年紀
ago (ə gō') 以前
airplane (er'plān') 飛機
all (ôl) 都；全部
allege (ə lej') 無證據之宣稱
and (and) 和；且
ant (ant) 螞蟻
ape (āp) 猿猴
apple (ap'əl) 蘋果
arch (ärch) 拱門
arm (ärm) 手臂
art (ärt) 藝術
at (at) 在…
ate (āt) 吃 (過去式)
auto (ôt'ō) 汽車
average (av'rij) 平均
　　　　 (av'ər ij)
away (ə wā') 離開；去別處
awning (ôn'jŋ) 雨篷
ax (aks) 斧頭

Bb

baby (bā'bē) 嬰兒
back (bak) 背部；後面
bad (bad) 壞的
badge (baj) 微章
bag (bag) 袋子
bake (bāk) 烘烤
ball (bôl) 球
balloon (bə lōōn') 氣球
ban (ban) 禁止
bandage (ban'dij) 繃帶
bank (baŋk) 銀行
bar (bär) 酒吧；條狀物
barn (bärn) 穀倉
bat (bat) 球棒；蝙蝠
batch (bach) 一批；一組
bath (bath) 洗澡
bay (bā) 海灣
be (bē) "是"的原形
beagle (bē'gəl) 小獵兔犬 (米格魯犬)
beak (bēk) 鳥嘴
bean (bēn) 豆子
bear (ber) 熊
bed (bed) 床
bee (bē) 蜜蜂

been (ben) "是" (過去分詞)；去過…
beet (bēt) 甜菜
beetle (bēt' 'l) 甲蟲
beg (beg) 懇求
bell (bel) 鈴；鐘
belt (belt) 皮帶
bench (bench) 長凳
berry (ber'ē) 漿果
bet (bet) 打賭
beverage (bev'rij) 飲料
　　　　　(bev'ər ij)
bib (bib) 圍兜
big (big) 大的
bike (bĭk) 單車
bind (bĭnd) 捆綁
bird (burd) 鳥
birthday (burth dā') 生日
bit (bit) 一點；一些
bite (bĭt) 咬
black (blak) 黑色
blackboard (blak-bôrd') 黑板
blade (blād) 刀口
blank (blaŋk) 空白
blend (blend) 混合
blew (blōō) 吹 (過去式)
blind (blĭnd) 瞎的
block (bläk) 積木；阻擋
bland (bländ) 金髮
blouse (blous) 女用襯衫
blow (blō) 吹
blue (blōō) 藍色
blush (blush) 臉紅
boat (bōt) 小舟；船
boil (boil) 煮沸
bold (bōld) 無畏的；粗體字
bomb (bäm) 炸彈
bone (bōn) 骨頭
book (book) 書
boom (bōōm) 繁榮；隆隆作聲
boost (bōōst) 向上推；增加
booth (bōōth) 亭；攤子
boot (bōōt) 長靴
bore (bôr) 令人厭煩
bottle (bät' 'l) 瓶子
bought (bôt) 買 (過去式；過去分詞)
boulder (bōl'dər) 巨石
bowl (bōl) 碗
box (bäks) 盒子
boy (boi) 男孩
braid (brād) 辮子
brake (brāk) 煞車

Glossary 字彙

branch (branch) 樹枝
brat (brat) 頑皮傢伙
bread (bred) 麵包
breakfast (brek'fəst) 早餐
brew (brōō) 沖泡
bride (brīd) 新娘
bridge (brij) 橋
bright (brīt) 明亮的；伶俐的
bring (briŋ) 帶來
broke (brōk) 斷裂 (過去式)；沒錢了
brook (brook) 小河
broom (brōōm) 掃把
brother (bruth'ər) 兄弟
brush (brush) 刷子
bubble (bub'əl) 泡沫
buckle (buk'əl) 環扣
bug (bug) 瓢蟲
bun (bun) 小圓麵包；髻
burn (burn) 燒
bus (bus) 公車
buzz (buz) 嗡嗡叫；門鈴聲
by (bī) 經；沿；依照

Cc

cab (kab) 計程車
cage (kāj) 籠子
cake (kāk) 蛋糕
calendar (kal'ən dər) 日曆；月曆
call (kôl) 叫；打電話
came (kām) 來 (過去式)
camp (kamp) 露營
can (kan) 可以；鐵罐
　　 (kən)
candle (kan'dəl) 蠟燭
cane (kān) 手杖
cap (kap) 棒球帽
cape (kāp) 斗篷
car (kär) 汽車
card (kärd) 卡片
care (ker) 關心；在乎
caricature (kar'i kə chər) 諷刺畫
carry (kar'ē) 搬；運；攜帶
cart (kärt) 手推車
cassette (kə set') 錄音帶
cat (kat) 貓
catch (kach) 接；抓住
caught (kôt) 接；抓住 (過去式；過去分詞)
cave (kāv) 洞穴
celery (sel'ər ē) 芹菜
cent (sent) 美元一分
center (sent'ər) 中心

chain (chān) 鐵鍊
chair (cher) 椅子
chalk (chôk) 粉筆
check (chek) 檢查；打勾
cheer (chir) 喝采
cheese (chēz) 起司；乳酪
chess (ches) 西洋棋
chest (chest) 箱子；胸部
chew (chōō) 嚼
chick (chik) 小雞
chicken (chik'ən) 雞；雞肉；膽小
child (chīld) 一個小孩
children (chil'drən) 小孩 (複數)
chimney (chim'nē) 煙囪
chin (chin) 下巴
chip (chip) 薄片
choose (chōōz) 選擇
chopsticks (chäp'stiks') 筷子
chore (chôr) 零工；雜事
church (church) 教堂
circle (sur'kəl) 圓圈
city (sit'ē) 城市
clam (klam) 蛤
clap (klap) 拍手
class (klas) 課；班
claw (klô) 爪子
clean (klēn) 清理；乾淨的
clerk (klurk) 店員
cliff (klif) 懸崖
climb (klīm) 爬
clock (kläk) 時鐘
close (klōz) 關；親密的
clothes (klōz) 衣服
　　 (Klōthz)
cloud (kloud) 雲
clown (kloun) 小丑
club (klub) 俱樂部
coat (kōt) 外套
coil (koil) 線圈
coin (koin) 銅板
cold (kōld) 寒冷的；感冒
collar (käl'ər) 領子
college (käl'ij) 學院
collision (kə lizh'ən) 猛烈碰撞
color (kul'ər) 顏色
comb (kōm) 梳子
comic (käm'ik) 漫畫
con (kän) 欺騙；反對
cone (kōn) 甜筒
confusion (kən fyōō'zhən) 疑惑；混亂

85

Glossary 字彙

congratulation (kən grach'ə lā'shən) 恭喜
(kən graj'ə lā' shən)
(kən graj'ōō lā' shən)

connect (kə nekt') 接連

cook (kook) 廚師；煮

cookie(s) (kook'ē) 餅乾

cool (kōōl) 涼快的；酷的

cooler (kōōl-ər) 冰桶

copy (käp'ē) 影印；複本

cord (kôrd) 線；電線

cork (kôrk) 軟木塞

corn (kôrn) 玉米

cot (kät) 帆布床；小兒床

cough (kôf) 咳嗽

could (kood) 可以 (過去式)

count (kount) 計算；數一數

cow (kou) 母牛

coy (koi) 假裝害羞；靦腆的

crab (krab) 螃蟹

crack (krak) 破裂

crane (krān) 起重機；鶴

crash (krash) 撞擊

crawl (krôl) 爬行

crazy (krā'zē) 瘋狂的

cream (krēm) 奶脂；乳脂

crew (krōō) 全體機員；組員

cross (krôs) 十字架；穿越

crow (krō) 烏鴉

crowd (kroud) 群眾

crown (kroun) 王冠

crush (krush) 壓碎

crutch (kruch) 拐杖；支柱

cry (krī) 哭

cub (kub) 幼獸

cube (kyōōb) 冰塊；立方體

cuff (kuf) 袖口

cup (kup) 有耳杯子

curb (kurb) 人行道邊石

cure (kyoor) 治療

cut (kut) 切

cute (kyōōt) 可愛的

cymbal (sim'bəl) 鈸

Dd

dad (dad) 爸爸

dam (dam) 水壩

dance (dans) 跳舞

dare (der) 膽敢；挑戰；敢

dart (därt) 飛鏢

daughter (dôt'ər) 女兒

day (dā) 一天

decision (dē sizh'ən) 決定
(di siah'ən)

deer (dir) 鹿

decoration (dek'ə rā'shən) 裝飾

deny (dē nī') 否認
(di nī')

desk (desk) 書桌

destroy (di stroi') 毀壞

dew (dōō) 露水

dice (dīs) 骰子

did (did) 做 (過去式)

die (dī) 死；一顆骰子

dig (dig) 挖掘

dim (dim) 模糊的

dime (dīm) 美元十分；一角

direction (də rek'shən) 方向；說明
(dī rek'shən)

dirt (durt) 塵埃；泥土

dirty (durt'ē) 髒的

dive (dīv) 潛水

division (də vizh'ən) 除以；分開

doctor (däk'tər) 醫生

dog (däg) 狗
(dôg)

doll (däl) 洋娃娃

dollar (däl'ər) 一元

dome (dōm) 圓頂

donation (dō nā'shən) 捐贈

door (dôr) 門

dose (dōs) 劑量

dot (dät) 點

dough (dō) 麵糰

down (doun) 向下

dragon (drag'ən) 龍

drape (drāp) 簾子；帷幕

draw (drô) 畫

dream (drēm) 夢

dress (dres) 洋裝

drew (drōō) 畫 (過去式)

drink (driŋk) 喝

drip (drip) 水滴

drive (drīv) 駕駛

drop (dräp) 落下

drum (drum) 鼓

dry (drī) 乾的；乾燥

duck (duk) 鴨子

duke (dōōk) 公爵

Ee

each (ēch) 每個

Glossary 字彙

eagle (ē'gəl) 老鷹
ear (ir) 耳朵
easy (ē'zē) 容易的
economical (ek'ənäm'i kəl) 實惠的；精打細算的
(ē'kə näm'i kəl)
edge (ej) 邊緣
editor (ed'it ər) 編輯者
egg (eg) 蛋
eight (āt) 八
empty (emp'tē) 空的；倒空
end (end) 終止
English (iŋ'glish) 英語
enjoy (en joi') 享受
enough (i nuf') 足夠的
eraser (ē rā'sər) 擦子
examination (eg zam'ə nā'shən) 測驗；考試
(ig zam'ə nā'shən)
expiration (ek'spə rā'shən) 期滿；期限

Ff

face (fās) 臉
fad (fad) 一時狂熱
family (fam'ə lē) 家庭
(fam'lē)
fan (fan) 風扇；歌迷；影迷
far (fär) 遙遠地
fare (fer) 費用
farm (färm) 農場
fast (fast) 快的
fat (fat) 胖的
fate (fāt) 命運
father (fä' thər) 父親
faucet (fô'sit) 水龍頭
feather (feth'ər) 羽毛
fed (fed) 餵 (過去式；過去分詞)
feet (fēt) 雙腳
fellow (fel'ō) 同伴
fence (fens) 籬笆
fern (fʉrn) 羊齒植物
few (fyo͞o) 不多；少的
fig (fig) 無花果
fight (fīt) 打架
fin (fin) 鰭
find (fīnd) 找到；發現
fine (fīn) 好的
fire (fīr) 火
first (fʉrst) 第一；首先
fish (fish) 魚
fist (fist) 拳頭
five (fīv) 五
flag (flag) 旗子

flame (flām) 火焰
flash (flash) 閃光
flat (flat) 平坦的；爆胎的
flaw (flô) 缺陷
flew (flo͞o) 飛 (過去式)
flight (flīt) 飛行；班機
flood (flud) 洪水
floor (flôr) 地板
flow (flō) 流動
flower (flou'ər) 花
flute (flo͞ot) 笛子
fly (flī) 飛；蒼蠅
focus (fō'kəs) 焦點；焦距
fog (fôg) 霧
foil (foil) 鋁箔紙
fold (fōld) 摺
fool (fo͞ol) 傻瓜
foot (foot) 一隻腳
for (fôr) 為了
fork (fôrk) 叉子
forty (fôrt'ē) 四十
foul (foul) 違規的
four (fôr) 四
fox (fäks) 狐
frame (frām) 框子
freckle (frek'əl) 雀斑
free (frē) 自由的；免費的；有空的
freeze (frēz) 凍結
freezer (frē'zər) 冷凍庫
fresh (fresh) 新鮮的
fret (fret) 煩燥；吉他琴格
friend (frend) 朋友
frighten (frīt' 'n) 吃驚；驚嚇
frog (frôg) 青蛙
from (frum) 從....；由......
front (frunt) 前面
frown (froun) 皺眉
fruit (fro͞ot) 水果
fry (frī) 油炸；煎
fudge (fuj) 一種牛奶軟糖
funny (fun'ē) 滑稽好笑的
furniture (fʉr'ni chər) 家具
fuse (fyo͞oz) 保險絲；引信
fuss (fus) 小題大作；紛擾

Gg

gage (gāj) 計量器
gain (gān) 獲得
gale (gāl) 大風
gamble (gam'bəl) 賭博
gap (gap) 裂口

Glossary 字彙

garage　(gə räzh')　車庫
　　　　(gə räj')
garden　(gärd' 'n)　花園
gate　(gāt)　大門
gem　(jem)　寶石
general　(jen'rəl)　將軍；普遍的
　　　　(jen'ər el)
germ　(jʉrm)　細菌
gift　(gift)　禮物
ginger　(jin'jər)　薑
giraffe　(jə raf')　長頸鹿
girl　(gʉrl)　女孩
glad　(glad)　高興的
glance　(glans)　瞥見
glass　(glas)　玻璃杯；玻璃
glaze　(glāz)　上釉；使發亮
glider　(glīd'ər)　滑翔機
globe　(glōb)　地球儀
glove　(gluv)　手套
glue　(gloo)　膠水
go　(gō)　走；去
goat　(gōt)　山羊
gold　(gōld)　黃金；金色
gone　(gän)　走 (過去分詞)
　　　(gôn)
good　(good)　好的
goose　(goos)　鵝
grade　(grād)　成績
graduation　(gra'joo ā' shən)　畢業
　　　　　(gra' jə wā' shen)
grape　(grāp)　葡萄
graph　(graf)　曲線圖
grasp　(grasp)　緊抓住
grass　(gras)　草地
gray　(grā)　灰色
graze　(grāz)　放牧
green　(grēn)　綠色
greet　(grēt)　打招呼
grew　(groo)　生長 (過去式)
grid　(grid)　格子
grill　(gril)　烤
grin　(grin)　露齒而笑
grind　(grīnd)　磨
grip　(grip)　握緊；瞭解
gripe　(grīp)　抱怨；胃腸絞痛
groom　(groom)　新郎
grow　(grō)　生長；成長；種植
guava　(gwä'və)　芭樂
guitar　(gi tär')　吉他
gum　(gum)　口香糖
gun　(gun)　槍
gym　(jim)　健身房

Hh

had　(had)　有 (過去式；過去分詞)
hair　(her)　頭髮
half　(haf)　一半
hall　(hôl)　走廊
halt　(hôlt)　停止
ham　(ham)　火腿
hamburger　(ham'bʉrg'ər)　漢堡
hand　(hand)　手
handle　(han'dəl)　把手
handsome　(han'səm)　英俊的
　　　　　(hand' səm)
happy　(hap'ē)　快樂的
hard　(härd)　硬的；難的
harden　(härd' 'n)　變硬
harm　(härm)　傷害
harp　(härp)　豎琴
has　(haz)　有
hat　(hat)　有邊帽子
hate　(hāt)　恨；厭惡
hay　(hā)　乾草堆
head　(hed)　頭；朝向
heal　(hēl)　治療
hear　(hir)　聽
heart　(härt)　心
heat　(hēt)　熱度
heel　(hēl)　鞋後跟
help　(help)　幫助
hen　(hen)　母雞
herd　(hʉrd)　獸群
here　(hir)　這裡
　　　(hēr)
hid　(hid)　躲藏 (過去式)
hide　(hīd)　躲藏
hind　(hīnd)　後面的；臀部
hive　(hīv)　蜂巢
hoe　(hō)　鋤頭
hoist　(hoist)　升起
hold　(hold)　握；抱
hood　(hood)　車蓋
hoof　(hoof)　蹄
hook　(hook)　鉤
hoop　(hoop)　鐵環
hop　(häp)　單腳向前跳
hope　(hōp)　希望
horn　(hôrn)　喇叭
horse　(hôrs)　馬
hose　(hōz)　水管
hot　(hät)　熱的
hot dog　(hät dôg)　熱狗
hound　(hound)　獵犬

Glossary 字彙

house (hous) 房子
how (hou) 如何
hug (hug) 擁抱
huge (hyōōj) 巨大的
hum (hum) 哼；低唱
hurry (hur'ē) 急忙；催促
hut (hut) 茅草屋

Ii

igloo (ig'lōō') 雪冰屋
ill (il) 生病的
important (im pôrt' 'nt) 重要的
in (in) 在....裡面
indulge (in dulj') 縱容
information (in'fər mā'shən) 資訊；資料
ink (iηk) 墨水
international (in'tər nash'ə nəl) 國際的
　　　　　　(in'tər nash'ə nal')
invitation (in'və tā' shən) 邀請
iron (ī'ərn) 熨斗；鐵
island (ī'lənd) 島
it (it) 它
item (īt'əm) 項目

Jj

jacket (jak'it) 夾克
jam (jam) 果醬
jar (jär) 大口瓶
jaw (jô) 顎
jazz (jaz) 爵士樂
jeep (jēp) 吉普車
jog (jäg) 慢跑
join (join) 結合；加入；參加
joint (joint) 關節
joke (jōk) 笑話；開玩笑
joy (joi) 喜悅
judge (juj) 法官
jug (jug) 有把水罐
juice (jōōs) 果汁
jump rope (jump rōp) 跳繩
June (jōōn) 六月

Kk

kangaroo (kaη'gə rōō') 袋鼠
keep (kēp) 保持
kettle (ket' 'l) 水壺
key (kē) 鑰匙
kick (kik) 踢
kin (kin) 家族；血緣關係；親戚
kind (kīnd) 親切的；種類

king (kiη) 國王
kiss (kis) 吻
kit (kit) 一組 (工具)
kitchen (kich'ən) 廚房
kite (kīt) 風箏
knack (nak) 竅門；技能；本領
knead (nēd) 搓，揉，捏
knee (nē) 膝蓋
knelt (nelt) 跪下 (過去式；過去分詞)
knew (nōō) 知道 (過去式)
knife (nīf) 刀子
knit (nit) 編織
knob (näb) 門把
knock (näk) 敲
knoll (nōl) 圓丘；土墩
knot (nät) 結；打結
know (nō) 知道
knowledge (näl'ij) 知識
knuckle (nuk'əl) 手指關節
koala (kō ä'lə) 無尾熊

Ll

lack (lak) 缺少
ladder (lad'ər) 梯子
lady (lād'ē) 女士
lag (lag) 落後；發展緩慢
lake (lāk) 湖
lamb (lam) 小綿羊
lamp (lamp) 檯燈
land (land) 土地；降落
large (lärj) 大的
lark (lärk) 百靈鳥；雲雀
last (last) 最後的
late (lāt) 遲到的；晚的
laugh (laf) 笑
law (lô) 法律
leaf (lēf) 葉子
leather (leth'ər) 皮革
leg (leg) 腿
legislature (lej'is lā' chər) 立法機關
leisure (lē'zhər) 閒暇；休閒
let (let) 讓；允許
life (līf) 生活
light (līt) 燈；淺色的；輕的
like (līk) 喜歡
line (līn) 線條
lion (lī'ən) 獅子
lip (lip) 唇
list (list) 名單；明細
literature (lit'ər ə choor') 文學

Glossary 字彙

little (lit''l) 小的；少許的
live (liv) 居住；現場直播的
loaf (lōf) 一條麵包
location (lō kā'shən) 位置
lock (läk) 鎖
log (läg) 圓木材
    (lôg)
long (lôŋ) 長的
look (look) 看
lot (lät) 許多的；場地
loud (loud) 高聲的
love (luv) 愛
loyal (loi'əl) 忠貞的

Mm

mad (mad) 瘋狂的；憤怒的
made (mād) 做；使 (過去式；過去分詞)
maid (mād) 女僕
mail (māl) 郵件；郵寄
make (māk) 做；使
male (māl) 男性
mall (môl) 購物中心
man (man) 一個男人
manage (man'ij) 經營
map (map) 地圖；繪制地圖
marble (mär'bəl) 大理石；彈珠
march (märch) 行進；進行曲
marker (märk'ər) 麥克筆；白板筆
mat (mat) 踏腳墊
match (mach) 火柴
mature (mə choor') 成熟
measure (mezh'ər) 測量
meat (mēt) 肉類
meet (mēt) 遇見
men (men) 男人 (複數)
mermaid (mur'mād') 美人魚
mess (mes) 雜亂
message (mes'ij) 信息
met (met) 見過 (過去式；過去分詞)
mice (mīs) 老鼠 (複數)
middle (mid''l) 中間
might (mīt) 可能；可以；強權
milk (milk) 牛奶
mind (mīnd) 心智
mirage (mi räzh') 海市蜃樓
mirror (mir'ər) 鏡子
miss (mis) 錯過；想念
mite (mīt) 蟎蟲
mix (miks) 混合
mixture (miks'chər) 混合物
moist (moist) 潮濕的

mold (mōld) 模子；黴菌
Mom (mäm) 媽媽
money (mun'ē) 錢
monkey (muŋ'kē) 猴子
moo (mōō) 牛叫
moon (mōōn) 月亮
mop (mäp) 拖把；拖地
mope (mōp) 鬱悶不樂；自怨自艾
more (môr) 更多
mother (muth'ər) 母親
mouse (mous) 一隻老鼠
mouth (mouth) 嘴；口
mud (mud) 泥
mug (mug) 馬克杯
mule (myōōl) 騾子
murmur (mur'mər) 喃喃自語
my (mī) 我的

Nn

nail (nāl) 釘子；指甲
name (nām) 姓名
nap (nap) 小睡
nation (nā'shən) 國家
nature (nā'chər) 自然
naughty (nôt'ē) 頑皮的
need (nēd) 需要
needle (nēd''l) 針
nest (nest) 鳥巢
net (net) 網子
night (nīt) 夜晚
nine (nīn) 九
nod (näd) 點頭
noise (noiz) 噪音
noisy (noiz'ē) 喧鬧的
noodle(s) (nōōd''l) 麵
noon (nōōn) 中午
nose (nōz) 鼻子
not (nät) 不；未；非
note (nōt) 字條；留言
number (num'dər) 數字
nurse (nurs) 護士
nut (nut) 核果

Oo

ocean (ō'shən) 海洋
off (äf) 除掉；離開的
   (ôf)
oil (oil) 油
on (än) 在上；論及
one (wun) 一

Glossary 字彙

open (ō'pən) 打開
orange (ôr'inj) 柳橙
organ (ôr'gən) 風琴；器官
over (ō'vər) 在上；越過
owl (oul) 貓頭鷹
ox (äks) 牛

Pp

pad (pad) 墊料；打印台
page (pāj) 頁
pail (pāl) 提桶
paint (pānt) 著色；粉刷；顏料
pale (pāl) 蒼白的
pan (pan) 平底鍋
pardon (pärd''n) 寬恕
pasture (pas'chər) 牧場
pat (pat) 輕拍
patch (pach) 補綻；補綴
path (path) 小徑
paw (pô) 腳掌 (動物的)
pawn (pôn) 抵押；兵；卒 (西洋棋)
pea (pē) 碗豆
peach (pēch) 桃子
peak (pēk) 山頂；峰
pear (per) 梨子
peel (pēl) 剝皮
peep (pēp) 窺視
pen (pen) 筆
pencil (pen'səl) 鉛筆
people (pē'pəl) 人類
pep (pep) 精力
pet (pet) 寵物；摸
phone (fōn) 電話
phonics (fän'iks) 自然發音法
photo (fōt'ō) 照片
piano (pē an'ō) 鋼琴
pick (pik) 挑選
pickle (pik'əl) 醃菜；醃黃瓜
picture (pik'chər) 照片；畫
pie (pī) 派
pig (pig) 豬
pill (pil) 藥丸
pillow (pil'ō) 枕頭
pin (pin) 別針
pine (pīn) 松樹
pink (piŋk) 粉紅色
pip (pip) 種子；籽
pipe (pīp) 煙斗
pitch (pich) 投球
pitcher (pich'ər) 大水罐；投手
pizza (pēt'sə) 比薩

plan (plan) 計畫
planet (plan'it) 星球
plank (plaŋk) 厚板
plant (plant) 植物；種植
plate (plāt) 淺盤子
play (plā) 玩
pleasure (plezh'ər) 愉快
pledge (plej) 誓約
plough (plou) 犁；耕作
plug (plug) 插頭
plum (plum) 梅子
plus (plus) 加；和
point (point) 指向
poison (poi'zən) 毒藥
pool (pōol) 游泳池
poor (poor) 貧窮的
pop (päp) 流行；爆裂
population (päp'yōo lā'shən) 人口
(päp'yə lā'shən)
porch (pôrch) 門廊；玄關
port (pôrt) 港口
pot (pät) 鍋
pouch (pouch) 小袋
practice (prak'tis) 練習
praise (prāz) 讚美
prank (praŋk) 惡作劇
pray (prā) 祈禱
preach (prēch) 傳教
present (prez'ənt) 禮物
(prē zent') 呈現
pretty (prit'ē) 漂亮的
pretzel (pret'səl) 椒鹽脆餅乾
price (prīs) 價格
prince (prins) 王子
princess (prin'sis) 公主
(prin' ses')
print (print) 印刷
prison (priz'ən) 監獄
prisoner (priz'nər) 囚犯
(priz'ən ər)
prize (prīz) 獎品
propeller (prə pel'ər) 螺旋槳
(prō pel'ər)
prowl (proul) 潛行
pup (pup) 小狗
purse (purs) 錢包
puzzle (puz'əl) 拼圖；迷惑；字謎

Qq

quack (kwak) 鴨叫；庸醫

91

Glossary 字彙

quality (kwäl'ə tē) 品質
          (kwôl'i tē)
quarter (kwôrt'ər) 美元25分
queen (kwēn) 女王
question (kwes'chən) 問號；問題
quick (kwik) 迅速的
quiet (kwī'ət) 安靜的
quilt (kwilt) 棉被
quit (kwit) 辭職

Rr

rabbit (rab'it) 兔子
rack (rak) 工具架
racket (rak'it) 球拍
rain (rān) 雨
rainbow (rān bō) 彩虹
raise (rāz) 養育；舉起
rake (rāk) 耙子
ran (ran) 跑 (過去式)
range (rānj) 山脈；範圍；系列
rap (rap) 輕敲；饒舌音樂
raw (rô) 生的
reach (rēch) 到達；達成
red (red) 紅色
relation (ri lā 'shən) 關聯；關係
reply (ri plī') 答覆
reservation (rez'ər vā'shən) 預訂
responsibility (ri spän'sə bil'ə tē) 責任
revenge (ri venj') 復仇
rice (rīs) 米飯
rich (rich) 富有的
rid (rid) 除去
ride (rīd) 騎
ridge (rij) 山脊
right (rīt) 正確的；右邊
ring (rin) 戒指
rip (rip) 撕破
road (rōd) 道路
rob (räb) 搶劫
robe (rōb) 浴袍
rock (räk) 石頭
rod (räd) 釣竿
rode (rōd) 騎 (過去式)
role (rōl) 角色
roll (rōl) 滾動
roof (rōof) 屋頂
room (rōom) 房間
root (rōot) 根
rope (rōp) 繩子
rose (rōz) 玫瑰
Ross (rôs) 羅斯 (人名)

rough (ruf) 粗糙的
round (round) 圓形的
rub (rub) 摩擦；搓；揉
ruler (rōol'ər) 尺
run (run) 跑

Ss

sabotage (sab'ə täzh') 破壞
sad (sad) 傷心；難過的
sage (sāj) 聖人
sail (sāl) 帆
sailor (sāl'ər) 船員
sale (sāl) 出售；拍賣
salt (sôlt) 鹽
sand (sand) 沙子
sandwich (san'wich') 三明治
          (san'dwich')
sap (sap) 樹液
sat (sat) 坐 (過去式；過去分詞)
sauce (sôs) 醬汁
saucer (sô'sər) 碟子
sausage (sô'sij) 香腸
saw (sô) 鋸子；看見 (過去式)
say (sā) 說出
scale (skāl) 天秤
scan (skan) 掃描
scar (skär) 疤
scare (sker) 嚇唬；嚇到
scarf (skärf) 圍巾
school (skōol) 學校
scissors (siz'ərs) 剪刀
scold (skōld) 罵
score (skôr) 分數
scout (skout) 偵察；童子軍
scowl (skoul) 怒目而視
scrape (skrāp) 刮掉
scratch (skrach) 抓癢
scream (skrēm) 尖叫
screen (skrēn) 螢幕
screw (skrōo) 螺絲釘
screwdriver (skrōo drī'vər) 螺絲起子
scrub (scrub) 擦洗；刷洗
sea (sē) 海
seal (sēl) 海狗
seam (sēm) 縫
seat (sēt) 座位
see (sē) 看見
seem (sēm) 看以；似乎是
seen (sēn) 看見 (過去分詞)
servant (sur'vənt) 僕人
seven (sev'ən) 七

Glossary 字彙

shade (shād) 蔭涼處；畫陰影
shadow (shad'ō) 影子；陰影
shall (shal) 應該
shark (shärk) 鯊魚
shave (shāv) 刮鬍子
shawl (shôl) 披肩
she (shē) 她
sheep (shēp) 綿羊
sheet (shēt) 一張；床、被單
shelf (shelf) 架子
shell (shel) 貝殼
ship (ship) 船
shirt (shurt) 襯衫
shoe (shōō) 鞋子
shook (shook) 搖動 (過去式)
shop (shäp) 商店；購物
shopkeeper (shäp'kē'pər) 店主
short (shôrt) 短的；矮的
shorts (shôrts) 短褲
shot (shät) 射擊 (過去式；過去分詞)
should (shood) 應該
shoulder (shōl'dər) 肩膀
shout (shout) 呼喊；大叫
shower (shou'ər) 淋浴；陣雨
shrew (shrōō) 悍婦；潑婦
shrimp (shrimp) 蝦子
sick (sik) 生病的
signature (sig'nə chər) 簽字；簽名
simple (sim'pəl) 簡單的
sing (siŋ) 唱歌
sink (siŋk) 水槽；下沉
sit (sit) 坐
site (sīt) 地點
six (siks) 六
skate (skāt) 溜冰鞋；溜冰
sketch (skech) 素描
skill (skil) 技巧
skip (skip) 略過
skirt (skurt) 裙子
skit (skit) 幽默短劇、短文
skull (skul) 頭蓋骨
skunk (skuŋk) 臭鼬
sky (skī) 天空
slave (slāv) 奴隸
sled (sled) 遊戲用小型雪車
sleep (slēp) 睡覺
sleet (slēt) (下)雨雪；(下)凍雨
sleeve (slēv) 袖子
sleigh (slā) 雪橇
slew (slōō) 殺害 (過去式)
slice (slīs) 薄片；切片
slide (slīd) 滑；滑梯

slip (slip) 滑倒
slot (slät) 投幣口
slow (slō) 慢的
small (smôl) 小的
smart (smärt) 精明的
smell (smel) 聞
smile (smīl) 微笑
smirk (smurk) 傻笑
smog (smäg) 煙霧
smoke (smōk) 煙
smooth (smōōth) 光滑的
snack (snak) 點心
snail (snāl) 蝸牛
snake (snāk) 蛇
sneak (snēk) 偷偷摸摸
sneaker (snē'kər) 膠底鞋
snore (snôr) 打鼾
snout (snout) 豬隻口鼻
snow (snō) 雪
snowman (snō man') 雪人
soap (sōp) 肥皂
sock (säk) 襪子
soil (soil) 土壤
solar (sō'lər) 太陽的
sold (sōld) 賣 (過去式；過去分詞)
sole (sōl) 唯一的
soon (sōōn) 不久；即刻
soothe (sōōth) 撫慰
soul (sōl) 靈魂
sound (sound) 聲音；鳴響
sour (sour) 酸的
south (south) 南方的
spaghetti (spə get'ē) 義大利麵
spar (spär) 毆鬥
spare (sper) 備用的；免除；撥出
spark (spärk) 火花
speak (spēk) 說話
spear (spir) 矛；魚叉
spice (spīs) 香料
spider (spī'dər) 蜘蛛
spin (spin) 紡紗；快速旋轉
splash (splash) 水花
spleen (splēn) 脾臟
split (split) 劈開
spoil (spoil) 弄壞；寵壞
spool (spōōl) 捲軸
spoon (spōōn) 湯匙
sport (spôrt) 運動
sprain (sprān) 扭傷
spray (sprā) 噴霧
spread (spred) 展開
spring (spriŋ) 彈簧；春天

Glossary 字彙

sprint　(sprint)　短跑
sprout　(sprout)　芽
spy　(spǐ)　間諜；偵察
square　(skwer)　正方形
squash　(skwôsh)　壓扁
squat　(skwät)　盤坐；蹲
squeak　(skwēk)　唧唧叫；軋軋聲
squirrel　(skwur'əl)　松鼠
squirt　(skwurt)　噴出
stage　(stāj)　舞台
stair　(ster)　樓梯
stall　(stôl)　攤位；熄火；故意拖延
stamp　(stamp)　郵票
stand　(stand)　站立
star　(stär)　星星
stare　(ster)　瞪視
start　(stärt)　開始
station　(stā'shən)　車站
stay　(stā)　停留
steeple　(stē'pəl)　尖塔
stink　(stiŋk)　臭味
stir　(stur)　攪動
stone　(stōn)　石頭
stool　(sto͞ol)　凳子
stop　(stäp)　停止
store　(stôr)　商店；貯存
stork　(stôrk)　白鸛
stove　(stōv)　火爐；瓦斯爐
straight　(strāt)　筆直的；正直的
strain　(strān)　拉緊；濾乾水份；損傷
strand　(strand)　一串；擱淺
strange　(strānj)　奇怪的
straw　(strô)　吸管；稻草
strawberry　(strô ber'ē)　草莓
stream　(strēm)　小河；溪流
stress　(stres)　強調；壓力
string　(striŋ)　細繩；線
strip　(strip)　剝光
stripes　(strǐps)　條紋
stroke　(strōk)　一擊
strong　(strôŋ)　強壯的
student　(sto͞od''nt)　學生
study　(stud'ē)　學習
sub　(sub)　替代；後補
sugar　(shoog'ər)　糖
sun　(sun)　太陽
supervision　(so͞o'pər vizh'ən)　督導；監督
swamp　(swämp)　沼澤
swam　(swam)　游泳 (過去式)
swan　(swän)　天鵝
swear　(swer)　發誓；咒罵；詛咒

sweat　(swet)　流汗
sweater　(swet'ər)　毛衣
sweep　(swēp)　打掃
sweet　(swēt)　甜的
swim　(swim)　游泳
swing　(swiŋ)　鞦韆
switch　(swich)　開關

Tt

table　(tā'bəl)　桌子
tack　(tak)　圖汀
tag　(tag)　吊牌；標籤
tail　(tāl)　尾巴
take　(tāk)　拿；取；搭
tale　(tāl)　故事
tall　(tôl)　高的
talk　(tôk)　談話
tan　(tan)　曬黑
tank　(taŋk)　坦克車；大槽
tap　(tap)　輕敲
tape　(tāp)　膠帶
tardy　(tär'dē)　遲鈍的
target　(tär'git)　目標
tart　(tärt)　果子餡餅
taught　(tôt)　教 (過去式；過去分詞)
teacher　(tē'chər)　老師
team　(tēm)　隊；組
teeth　(tēth)　一排牙齒
television　(tel'ə vizh'ən)　電視
ten　(ten)　十
temperature　(tem'pər ə chər)　溫度
　　　　　　(tem' prə chər)
tent　(tent)　帳棚；帳篷
termite　(tur'mǐt')　白蟻
test　(test)　測驗
thank　(thaŋk)　謝謝
that　(that)　那個
the　(thə)　此；這
　　(thē)
there　(ther)　那兒；那裡
these　(thēz)　這些
they　(thā)　他們
thick　(thik)　厚的
thin　(thin)　瘦的；薄的
think　(thiŋk)　想
thirsty　(thurs'tē)　口渴的
thirteen　(thur'tēn')　十三
thirty　(thurt'ē)　三十
this　(this)　這個
thorn　(thôrn)　刺；棘

Glossary 字彙

those (thōz) 那些
thread (thred) 線；紗 (縫衣用)
threat (thret) 威脅
three (thrē) 三
threw (throō) 拋；投 (過去式)
throw (thrō) 拋；投
thumb (thum) 拇指
tick (tik) 扁蝨；滴答聲
tie (tī) 領帶
tile (tīl) 瓷磚
tip (tip) 尖端
tire (tīr) 輪胎
tit (tit) 一種鳥類；山雀
to (toō) 向；到；對
toad (tōd) 蟾蜍
toe (tō) 腳趾
toilet (toi'lit) 馬桶
told (tōld) 告訴 (過去式；過去分詞)
tomb (toōm) 墳墓
tone (tōn) 音調
too (toō) 也；太
took (took) 拿；取 (過去式)
tool (toōl) 工具
tooth (toōth) 一顆牙齒
　　　(toōth)
top (täp) 陀螺；頂端
torch (tôrch) 火把
tough (tuf) 強硬的
towel (tou'əl) 毛巾
town (toun) 市鎮
toy (toi) 玩具
track (trak) 鐵軌；跑道；追蹤
tractor (trak'tər) 農耕機；牽引機
trade (trād) 貿易；交換
trail (trāl) 小道；蹤跡
train (trān) 火車；訓練
tramp (tramp) 踐踏
trap (trap) 陷阱
trash (trash) 垃圾
treasure (trezh'ər) 寶藏
tree (trē) 樹
triangle (trī'aŋ'gəl) 三角形
trip (trip) 旅行；絆倒
tripod (trī'päd') 三角架
trophy (trō'fē) 獎杯
Troy (troi) 特洛依城
truck (truk) 卡車
trunk (truŋk) 樹幹；行李箱；象鼻
try (trī) 試
tub (tub) 浴缸
tube (toōb) 管子
tug (tug) 拉；拖

tune (toōn) 曲調；調音
turkey (tur'kē) 火雞
turn (turn) 轉
turnip (tur'nip) 大頭菜；蕪菁
turtle (turt''l) 烏龜
twelve (twelv) 十二
twig (twig) 細枝
two (toō) 二

Uu

umbrella (um brel'ə) 雨傘
under (un'dər) 在...下面
unfortunately (un fôr' chə nit lē) 不幸地
university (yoōn'ə vur'sə tē) 大學
up (up) 向上
use (yoōz) 使用
　　(yoōs)

Vv

vacation (vā kā'shən) 度假；假期
　　　　(və kā'shən)
Valentine's Day (val'ən tīn's -dā) 情人節
van (van) 箱型車
vase (vās) 花瓶
vegetable (vech' tə bəl) 蔬菜
　　　　(vej' tə bəl)
vendor (ven'dər) 小販
vest (vest) 背心
vine (vīn) 藤蔓
violin (vī'ə lin') 小提琴
vision (vizh'ən) 視力；視覺
volcano (väl kā'nō) 火山
vowel (vou'əl) 母音

Ww

wage (wāj) 工資
wait (wāt) 等待
wake (wāk) 醒來
walk (wôk) 走路
wall (wôl) 牆壁
want (wänt) 要
wash (wäsh) 洗
　　(wôsh)
watch (wäch) 手錶；注意；看
weak (wēk) 弱的
weather (wethər) 天氣
web (web) 蜘蛛網

Glossary 字彙

wedge (wej) 楔子；三角木；三角形物

weed (wēd) 雜草

week (wēk) 一週

well (wel) 井；好地

west (west) 西方(的)

whale (hwāl) 鯨
(wāl)

what (hwut) 什麼
(wut)

wheat (hwēt) 小麥
(wēt)

wheel (hwēl) 輪子
(wēl)

when (hwen) 何時；當…
(wen)

where (hwer) 哪裡
(wer)

whether (hweth'ər) 是否
(weth'ər)

which (which) 哪一個
(wich)

whip (hwip) 鞭子
(wip)

whirl (hwurl) 旋轉
(wurl)

whisk (hwisk) 打蛋器
(wisk)

whisker (hwis'kər) 動物的鬍鬚
(wis'kər)

whiskey (hwis'kē) 威士忌
(wis'kē)

whisper (hwis'pər) 耳語；小聲說
(wis'pər)

whistle (hwis'əl) 哨子
(wis'əl)

white (hwīt) 白色
(wīt)

whiz (hwīz) 颼颼聲；青年才俊
(wiz)

wife (wīf) 妻子

will (wil) 將；意志

win (win) 贏

window (win'dō) 窗戶

wish (wish) 意欲；願望

witch (wich) 女巫

with (with) 具有；與；關於
(with)

woman (woom'ən) 一個女人

won (wun) 贏 (過去式；過去分詞)

wood (wood) 樹林；木

would (wood) 將會

wrack (rak) 破壞

wrap (rap) 包裝

wrath (rath) 狂怒

wreath (rēth) 花圈

wreck (rek) 殘骸

wrench (rench) 扳鉗

wrestle (res'əl) 角力

wring (riŋ) 扭；擰

wrinkle (riŋ'kəl) 皺紋

wrist (rist) 手腕

writ (rit) 令狀

write (rīt) 寫

wrong (rôŋ) 錯的

wrote (rōt) 寫 (過去式)

Xx

X-ray (eks'rā') X光

Yy

yard (yärd) 庭院

yarn (yärn) 紗；毛線

yawn (yôn) 打呵欠

yell (yel) 呼喊

yellow (yel'ō) 黃色

yesterday (yes'tər dā') 昨天

yolk (yōk) 蛋黃

yo-yo (yō'-yō') 溜溜球

Zz

zebra (zē'brə) 斑馬

zero (zir'ō) 零
(zē'rō)

zipper (zip'ər) 拉鍊

zoo (zoo) 動物園

The Pyramid Method
賓 果 時 間
BINGO!

本頁可供影印使用，請勿直接撕下。本書提供可填入16或25個發音之賓果卡，

可隨練習時間長短做選擇。再將選定要練習的音填入，就可以開始玩賓果遊戲了。

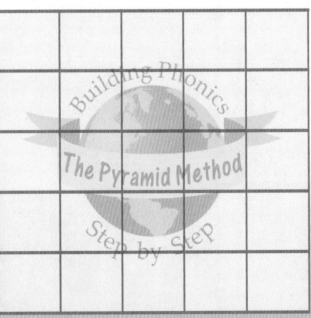

ABC

The Pyramid Method

遊戲時間

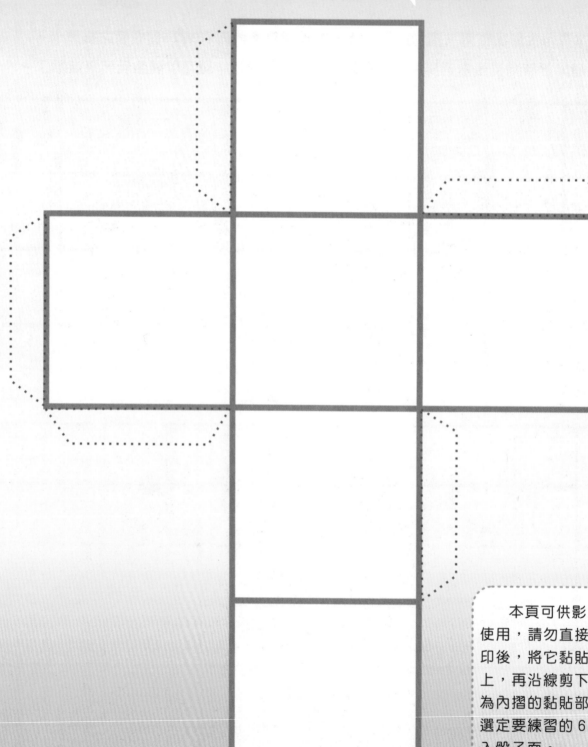

本頁可供影印（放大）使用，請勿直接撕下。影印後，將它黏貼在厚紙板上，再沿線剪下來，虛線為內摺的黏貼部分。再將選定要練習的 6 個發音填入骰子面。